SOUVENIRS D'UN AVEUGLE.

ZAMBALA L'INDIEN

OU

LONDRES A VOL D'OISEAU,

OUVRAGE ENTIÈREMENT INÉDIT AVEC GRAVURES,

PAR

J. ARAGO,

Auteur du Voyage autour du Monde, etc., etc.

II

Paris,

BAUDRY, LIBRAIRE-ÉDITEUR,

34, rue Coquillière, et rue de la Chaussée-d'Antin, 22.

1845

ZAMBALA L'INDIEN.

ON TROUVE A LA MÊME LIBRAIRIE :

TOUS LES OUVRAGES DE

MM. Alexandre Dumas. — Balzac. — Eugène Sue. — Frédéric Soulié. — Georges Sand. — Charles de Bernard. — D'Arlincourt. — Paul de Kock. — Charles Reybaud. — Sophie Gay, etc., etc.

De bonnes conditions seront faites aux Cabinets de Lecture qui achèteront les ouvrages des auteurs mentionnés ci-dessus.

Corbeil, imp. de Crété.

SOUVENIRS D'UN AVEUGLE.

ZAMBALA L'INDIEN

OU

LONDRES A VOL D'OISEAU,

OUVRAGE ENTIÈREMENT INÉDIT AVEC GRAVURES;

PAR

J. ARAGO,

Auteur du *Voyage autour du Monde*, etc., etc.

II

Paris,

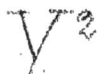

BAUDRY, LIBRAIRE-ÉDITEUR,

34, rue Coquillière, et rue de la Chaussée-d'Antin, 22.

1845

1844

CHAPITRE XIV.

EDWARD ET BETSY.

> Rassemblez donc toutes les facultés de votre être pour aimer ; puis, venez, l'âme torturée et les yeux en pleurs, vous agenouiller devant une femme ; voilà tout ce que vous obtiendrez.... dérision et mépris !
>
> ALEXANDRE DUMAS (*Antony*).

EDWARD ET BETSY.

Il en est de ces terribles commotions qui vous frappent au sein de votre sécurité, comme de ces coups imprévus du canon ou de la foudre dont vous ne ressentez l'atteinte qu'un instant après que le bronze ou le météore a passé. Des trois amis, Georges avait été le plus énergique, parce qu'il était celui que le malheur atteignait de plus près; sir Edward fut obligé de monter en voiture, tant l'air et le mouvement semblaient devoir l'écraser. Ses forces l'avaient abandonné.

Le farouche Indien souffrait moins, parce que sa pensée de feu creusait l'avenir, et qu'elle y trouvait un châtiment digne de son amitié pour Georges. Chez cette nature belle jadis, implacable aujourd'hui par reconnaissance, le remède se posait toujours à côté du mal, et, quand la tête mûrissait une flétrissure, le bras était levé pour l'accomplir.

Ses projets sinistres, Zambala ne devait les exécuter que d'après les circonstances qu'il ne lui était point permis de prévoir, mais il ne s'en rapportait qu'à lui, à lui seul, du soin de les maîtriser ou de les faire naître, et la chute du monde ne l'eût point ébranlé au moment du péril. Sa constante règle consistait à se replonger dans le passé dès que l'heure fatale avait sonné pour quelqu'un ; il voyait alors le sang indien, celui de sa fiancée, rougissant les plaines de l'Afghan ; il retrouvait à ses côtés l'ami tendre qui lui avait conservé un enfant son idole ; il était chaque jour témoin de ses larmes, de ses angoisses, de son désespoir, et il voulait que toutes ces tortures disparussent par lui, par sa volonté. Zambala se croyait parfois plus fort que le destin. Aussi lorsqu'un obstacle se dressait devant lui, il n'en appelait à personne pour l'accomplissement de ses projets.

Il s'était servi des quatre coquins que vous avez retrouvés à ses côtés dans la maison de Foly Place, mais ils étaient là comme la voiture qui l'avait porté, comme les chevaux qui l'avaient conduit ; l'action lui appartenait, et c'était là sa gloire et son bonheur.

Vous vous seriez fait un puissant ennemi de Zambala si vous lui aviez parlé de clémence alors que sa victime était sous sa main ; deux coups auraient frappé au lieu d'un, et il serait vrai de dire que les sentiments qui, chez nous, ennoblissent l'âme, avaient dégradé la sienne; il se faisait juge et bourreau par le cœur, où il y avait un autel pour l'amitié, un temple pour la vengeance.

Où le conduira son fanatisme? nous l'ignorons encore; Dieu seul le sait; Zambala ne s'en inquiète guère. Il va, il va comme le fleuve, comme la cataracte que la mer engloutit, et comme eux, il n'en bouillonne pas moins, combattu par ses souvenirs de deuil et de félicité.

Georges attendait le jour avec une crainte et un désir qui le mettaient au supplice. Cette jeune sœur si funestement éprouvée pourra-t-elle lui donner des nouvelles de sa famille? Ces nouvelles ne seront-elles pas une source féconde des larmes les plus amères? Le ciel ou l'enfer, voilà son alternative, voilà le terrible problème qui allait peut-être se résoudre pour lui dans quelques heures.

Plongé dans la plus profonde méditation,

sir Edward s'interrogeait, et quand sa raison déjà ébranlée lui dictait une résolution, son cœur plus fort, plus impérieux, la renversait à l'instant même. Il aimait toujours Betsy, il l'aimait avec frénésie; mais comment la retrouvait-il? qui donc la lui livrait dans cet avilissement? avait-elle été lâchement séduite, bassement corrompue? s'était-elle doucement bercée dans la dépravation? c'étaient là des mystères dont le voile allait bientôt se déchirer, et le malheureux jeune homme n'en sondait la profondeur qu'avec un effroi qui lui faisait une damnation anticipée. Avilie, Betsy ne pouvait lui appartenir; pure, il craignait de ne pas en être aimé... Des deux côtés un abîme...

Zambala planait là-dessus de toute la hauteur de sa large pensée; il lisait dans l'âme de ses deux protégés comme dans un livre, et il pesait avec mépris les redoutables conséquences des faits qui pouvaient s'accomplir par suite des révélations de Betsy. L'Inde à venger, une famille entière égarée, perdue peut-être, dans un monde d'intrigues, de bassesses et de corruption ; une infortunée qu'il voulait rendre au calme, sinon au bonheur; son pays à lui qu'il tenait à garantir des vices usurpateurs échelonnés avec une si effrayante rapidité d'un bout de la terre à l'autre..... le bagage était lourd, ses forces grandissaient à l'obstacle, et Zambala devait triompher ou mourir à la peine.

— Eh bien ! dit-il d'un ton résolu à Edward et à Georges accablés sous le poids des récentes révélations de Betsy, croyez-vous donc qu'une fragile barrière puisse arrêter la vague furieuse se ruant contre la plage menacée ? le découragement est-il une résistance, les regrets une force, le désespoir une arme ? Non, non, pour faire face à l'orage, il faut une main habile à gouverner, et le paratonnerre ne soumet la foudre que lorsqu'il est dressé sur un édifice. De l'énergie donc, mes amis ; ou vous mourrez inutiles, inutiles à vous d'abord, et puis à ceux que vous aimez. Je ne vous parle pas des lâches pour qui vous n'avez que du mépris ; si l'on ne vous arrache pas de force à leur tyrannie, vous tomberez leurs victimes, et vous donnerez ainsi gain de cause à l'ange des ténèbres armé toujours contre le génie du bien.

Qu'avez-vous appris d'ailleurs qui ne soit pour vous un sujet de consolations? Vous, Georges, vous retrouvez une sœur bien-aimée qui peut vous guider pour la découverte du reste de votre famille; vous, sir Edward, vous voyez revenir à la raison une jeune et belle enfant dans le cœur de laquelle doivent maintenant germer des sentiments nobles et généreux...

— Elle est flétrie, dit Georges avec rage.

— Elle ne m'aimera point, dit sir Edward en se frappant le front.

— Le savez-vous? répliqua vivement Zambala ; n'était-ce pas un dernier élan de sa folie que cette parole fiévreuse arrachée à l'infortunée par la puissance du docteur Wollis?

— Elle m'a reconnu, s'écria Georges.

— Elle ne m'a pas repoussé, poursuivit Edward.

— Deux raisons qui se combattent, reprit Zambala.

Et s'adressant à sir Edward :

— M'a-t-elle reconnu, moi, dont elle est éprise, si j'en juge d'après votre folie? a-t-elle vu autre chose que son frère, et le déshonneur dont on lui faisait un si dramatique tableau? Attendez, mes amis, les heures du découragement; mais jusque-là, espérez, jusque-là consolez-vous; Georges, Edward, vous avez pour vous l'espace, le temps, vous avez pour vous Zambala 'Indien, aussi fort que le temps et l'espace.

Les deux amis lui serrèrent la main, lui promirent de la résignation, du calme, et tous trois se disposaient à partir, quand M. Wollis entra.

— Le cocher de sir Edward a dit votre adresse à l'un de mes serviteurs et me voici : où alliez-vous, Messieurs?

— A Bedlam.

— Vous ne pouvez voir cette jeune fille, une fièvre brûlante la dévore, sa vie est en grand danger, une nouvelle commotion la tuerait.

— Espérez-vous la sauver?

— Je l'espère... Les larmes cependant la sauveront mieux que mes soins et mon affection. Elle a voulu me voir, elle m'a interrogé, ses souvenirs bouillonnent comme dans une fournaise ; elle ne sait où elle est en ce moment, d'où elle vient, ni qui lui a donné cet asile ; elle croit sortir d'un rêve accablant, et elle n'ose même pas prononcer le nom de son frère Georges. L'un de vous cependant peut m'aider à la guérir. Lequel ? je l'ignore ; c'est une épreuve à tenter.

Après l'héroïque remède que je lui ai fait subir, après qu'une douce chaleur s'est emparée de ses membres, ses yeux se sont remplis de larmes, sa poitrine a fait entendre des sanglots déchirants, et me montrant du doigt la place occupée hier par vous, ou par vous, monsieur.

— Il était là, m'a-t-elle dit, n'est-ce pas qu'il était là, quand ma honte a été proclamée ? où est-il à présent ? je veux le voir, lui parler, lui dire tout, tout, l'incendie, la dévastation, le crime... qu'il vienne, qu'il vienne, Docteur, si je ris encore ; je meurs.

— J'ai promis ; mais lequel de vous doit venir avec moi ?

— C'est sir Edward, dit Zambala, c'est lui qu'elle demande, c'est lui qui l'aime.

— A ce soir, Monsieur ; je vais vous attendre

et la préparer à cette visite de laquelle, selon moi, dépend seule sa guérison.

— Ne puis-je accompagner mon ami? demanda Georges.

— Cela n'est pas prudent; une trop rude secousse anéantirait les forces de la pauvre malade, à ce soir.

— A ce soir, Docteur.

— Je serai à Bedlam vers trois heures, sir Edward, je compte sur vous.

En attendant cette heure du rendez-vous indiquée par le docteur, les trois amis sortirent bras dessus bras dessous, afin d'abréger les heures si lentes qui brûlaient le pauvre sir Edward. Zambala, le plus irrité peut-être et le plus maître de lui, parlait de la splendeur de la ville, du faste de ses équipages, de la magnificence et de la rareté de ses monuments, comme si sa vie, à Londres, était une promenade dont le plaisir seul devait faire tous les frais. Il étudiait sur Georges et sur Edward les progrès de ses futiles observations, et il ne s'apercevait que trop qu'il prêchait à des sourds. Pas une de ses paroles n'était entendue, pas une ne trouvait d'écho dans les âmes torturées du frère et de l'amant.

Ils étaient arrivés au Circus d'Oxford, lorsqu'un homme grand et robuste s'approcha d'eux, humblement et le chapeau à la main.

— Pardon, messeigneurs ; ne pourriez-vous me donner l'adresse du banquier Mesnard ?

— Voilà vingt fois au moins que vous me demandez des adresses, dit Georges avec une impatience combattue par sa bonté naturelle ; il paraît que vous êtes en correspondance avec l'univers ?

— Presque avec tout le monde, Mylord.

— Voilà plus de trente fois, poursuivit Edward que vous m'arrêtez avec la même question.

— On est si peu bienveillant à Londres, et puis la ville est si vaste qu'on s'y perd, à moins d'être cocher de fiacre ou vagabond, et grâce à Dieu... mais pardonnez encore une fois; Mylord, qui ne m'a pas répondu, m'indiquera peut-être l'adresse dont j'ai besoin.

— Va la chercher où tu voudras, répondit en se pinçant les lèvres Zambala saisi au dépourvu; mais en attendant, voici de quoi prendre patience... et il donna deux souverains à l'effronté vaurien qui l'avait accosté.

— C'est encourager la paresse et le vice, dit gravement Georges à Zambala, et nous ne devons tendre la main qu'à l'industrie honnête et malheureuse.

— Bah, bah! répliqua l'Indien en souriant, faisons le bien à certains coureurs de rue; cela leur désapprendra le crime, cela leur ôtera la mémoire des méchantes actions.

Un regard investigateur de Georges trouva la figure de Zambala impassible, et il ne chercha pas davantage le motif de la générosité de son ami.

Mais il faut revenir sur nos pas ; l'heure approchait où Edward allait savoir sa destinée ; on eût dit un coupable conduit à Newgate.

— Bonne chance, ami ! lui dit Zambala en l'aidant à monter en voiture.

— Songez que je vous attends, poursuivit Georges avec un accent douloureux.

— Fasse le Ciel que je vous apporte d'heureuses nouvelles !

Les chevaux s'élancèrent, et Zambala et Georges continuèrent leur promenade.

— J'ai reçu des nouvelles de mon pays, dit le prince indien ; on n'y est pas tranquille sur les intentions de tes compatriotes qui s'établissent de force dans les environs.

— La soif des conquêtes est de celles qu'on n'étanche pas aisément ; mais vienne un typhon, un choléra, une défaite, et l'Inde respirera tout à l'aise. La mort donne de terribles enseignements.

— N'espère pas, ami ; au milieu de l'arène

sanglante que l'Angleterre s'est ouverte, elle ne peut s'arrêter que dans la tombe, ou lorsque la terre lui fera défaut. Vois-tu, Georges, cette île est bien petite; l'œil attentif la cherche sur la carte; eh bien! elle est partout, et surtout où on ne la voit pas. Vautour insatiable, léopard affamé, l'Angleterre a un bec pour mordre, des ongles pour déchirer, un élan pour envahir.

Son patriotisme, ses dettes, sa fierté, son industrie, ses navires, voilà sa puissance, je te l'ai dit, je crois; ne cherchons pas à l'arrêter dans sa course de géant; et, faibles et isolés, estimons-nous heureux si nous parvenons à venger nos injures personnelles.

— A la bonne heure, Zambala, merci de ton dévouement aussi chaud que ma reconnaissance; j'ai craint un instant que tu ne l'eusses oublié.

—Pas plus que ma fiancée et sa famille tombée là-bas près de Caboul... la douleur est vivace comme la haine, comme l'affection, et je hais et je méprise parce que j'aime et que j'estime.

Une double pression de main fut la joie et la récompense des deux amis.

Au reste, ces promenades souvent renouvelées n'étaient point perdues pour ces deux cœurs pleins des mêmes émotions ; sur un mot jeté au hasard, ils trouvaient un indice souvent trompeur, hélas ! mais quand on souffre toute lueur est un soleil, toute perspective une consolation, toute espérance une ivresse.

Cependant il fallait rentrer, les chevaux d'Edward allaient vite et l'entrevue pouvait être abrégée. Les deux amis reprirent le chemin de leur demeure, et ils attendirent le retour du pauvre jeune homme au bonheur duquel ils ne croyaient plus.

Rien n'est dévorateur comme la fatalité, rien n'est corrosif comme une désespérance ; et sir Edward avançait dans la vie sans un sourire aux lèvres, sans un rayon à l'âme.

Il était arrivé à Bedlam quelques instants avant l'heure indiquée, mais le docteur l'attendait déjà : car son poste à lui était le lieu où une amertume cherchait une consolation.

— Soyez le bien venu, dit-il à sir Edward, et courage.

— Je n'en ai plus.

— Il faut vous retremper à l'énergie, ou vous êtes perdu ; votre faiblesse ferait celle de ma pauvre malade ; vous devez vous sauver l'un par l'autre, car je reconnais l'insuffisance de mes efforts.

— Vous l'avez vue ce matin ?

— Je la quitte il n'y a qu'un instant ; sa fièvre est toujours brûlante, mais la tête est saine. Je lui ai annoncé la visite d'un ami.

— Est-ce mon frère ? m'a-t-elle dit en frémissant de tous ses membres.

— Non.

— Lui, peut-être ?

— Oui, lui.

Une pâleur mortelle a voilé son front.

— N'importe, a-t-elle ajouté au milieu des sanglots, qu'il vienne, que je lui parle, il doit tout savoir... docteur, qu'il vienne, je suis calme, je suis résignée.

— Lui, c'est vous sans doute; suivez-moi, vous serez seul avec elle; sur un mot de vous, mes gardiens accourront, et, si le rire se pose encore sur ses lèvres, hâtez-vous, appelez-moi, la crise sera terrible. Encore une fois, courage et bon espoir.

Les gardiens ouvrirent la porte, Edward entra.

— Ah! c'est vous, dit rapidement Betsy, en posant sa tête décolorée sur son bras gauche dont le coude affaissait l'oreiller... Soyez le bien venu, monsieur, je vous reconnais et j'ai besoin d'ouvrir mon âme à quelqu'un.

Edward ne répondit pas, mais son regard était un remercîment, un cri de reconnaissance : et, tremblant, il s'assit au chevet de la malade.

— J'ai bien souffert, poursuivit-elle, ma vie s'en allait, et avec elle la douleur des souvenirs plus poignante cent fois que les tortures récentes... Mais vous voilà, et il me semble qu'un ami consolateur m'arrive, est-ce vrai?

— Vrai comme la lumière, vrai comme Dieu.

— Taisez-vous, taisez-vous, je pourrais douter. Dieu doit-il permettre le crime!

— Quelquefois, pour le châtiment du coupable.

— Oui ; mais les bons, les innocents sont victimes, et c'est là une bien mystérieuse justice.

— Eh bien donc, cela est vrai comme mon amour pour vous.

Betsy garda le silence.

— Vous avez entendu, n'est-ce pas?

— C'était la nuit, je m'en souviens comme

si cela datait d'hier, comme si cela datait d'aujourd'hui. Les cris me réveillèrent, les flammes envahirent ma cellule... Un bras sacrilége... un bras d'homme... Et puis pourquoi m'aimer? l'amour c'est l'enfer, c'est la punition du juste...

— L'amour, Betsy, c'est la consolation de tous les affligés, c'est la parole de Dieu aux réprouvés, l'amour c'est le ciel.

— Ils sont fous vraiment de m'appeler folle; la folie est dans la tête, et ma douleur à moi est dans le cœur. Suis-je folle? ai-je jamais été folle, sir Edward?

— Eh quoi! vous savez mon nom?

— Il en est qu'on n'oublie pas, qui viennent vous visiter comme un rayon pur de soleil au milieu des ténèbres d'un cachot.

— Oh! merci, Betsy, pour cette généreuse parole qui me va si profondément à l'âme; merci pour...

— Tais-toi..... Il est des révélations qu'il ne

faut pas faire tout haut, qui ne doivent se glisser qu'au fond des consciences, et je vais déposer dans la tienne le récit de mes outrages. La fièvre redouble, la crise sera terrible, je dois me hâter, écoute.

— J'écoute, Betsy.

— Comment se fait-il qu'on puisse haïr et mépriser celui qui vous sauve des flammes? Cela est pourtant; et jamais haine et mépris ne se sont plus profondément rivés dans un cœur. Figure-toi, Edward, qu'elle venait de tomber à l'eau, sa pauvre mère aurait succombé à cette douleur qui tue les mères plus que la vieillesse. Je m'élançai, et le lendemain... Oui, le lendemain je me trouvai seule... Oh! mais non, j'étais toujours avec lui, l'infâme, car sa voix de démon retentissait toujours à mes oreilles comme un glas de mort... Eh! devez-vous guérir la folie qui vient vous arracher la mémoire!

— Mais cette mémoire, tu ne l'as point perdue, puisque tu te souviens de mon nom.

— Oh ! le tien c'est différent ; il console, il rafraîchit la pensée, mais le sien !... L'ai-je su ? me l'a-t-il dit !... C'est lui, attendez, il m'arrive, il me brûle... c'est...

— Achève, au nom du ciel, achève et que je te venge.

— C'est, c'est.....

Le sourire fatal s'imposait de nouveau sur les lèvres de la jeune fille vaincue à la fois par le fièvre qui venait de naître et par la folie qui venait de mourir.....

Sir Edward effrayé se leva pour demander du secours.

— Oh ! je t'en supplie, reste, mon ami ; si tu pars, je vais me retrouver encore sans défense et je compte sur ton bras et sur ton cœur.

La main de Betsy saisit la main d'Edward qui tressaillait comme sous la pile voltaïque ; Betsy la retint longtemps ; le rire s'effaça de nouveau, une vive rougeur remplaça la teinte pâle et sinistre dont son doux visage avait été voilé jusque-là, et deux grosses larmes roulèrent sur ses joues.

Edward y porta ses lèvres.

— Prends garde, ami, c'est du poison, un poison plus actif que le crime, plus brûlant que le remords ; prends garde, Edward.

— Non, Betsy, ce poison donne la vie, et je veux m'en enivrer ; ce poison, c'est la manne du ciel, ces larmes sont une rosée divine dont l'âme ne peut se rassasier. Oh ! laisse-moi boire tes larmes, Betsy, laisse-moi goûter sur cette terre l'ivresse des élus... j'ai tant souffert, moi aussi, et par toi seule ! C'est donc toi, Betsy, mon culte, ma religion, de qui j'attends un bonheur dont Dieu même serait jaloux.

Edward éperdu, hors de lui, se penchait frénétiquement sur la couche de l'infortunée.

— Retire-toi, lui cria-t-elle, d'une voix stridente, c'est ainsi qu'il m'est apparu, l'infâme ; c'est ainsi qu'il m'a entourée, c'est ainsi qu'il m'a rendue folle..... Et un violent éclat de rire ébranla cette petite chambre où allait peut-être se commettre un nouveau crime.

Edward appela, le docteur accourut.... Une abondante saignée arrêta le mal, et Betsy revenue à elle-même, reconnut son ardent adorateur.

— Vous partez ? lui dit-elle, avec une bonté céleste...

— Désirez-vous que je reste à vos côtés ?

— Toujours, toujours.

Edward tomba à genoux.

— Il reviendra, dit le docteur, vous avez tous deux besoin de calme, je vous promets de vous le ramener demain.

— Et moi, dit Betsy, je vous bénis pour cette douce parole. A présent, il m'est nécessaire ; s'il ne venait pas, je mourrais, je mourrais folle à coup sûr. N'est-ce pas que vous viendrez, Edward ?

— Demain, et tous les jours.

— Surtout revenez avec *lui*.

Ce dernier mot fut un coup de foudre, et le malheureux jeune homme sortit le désespoir au cœur.

— Pourquoi ces larmes? lui demanda timidement M. Wollis.

— N'avez-vous donc pas entendu?

— Un reste de folie.

— Non, non, monsieur, *lui* c'est toute une passion, *lui* c'est la guérison de la malade, *lui* c'est un autre que moi, *lui* c'est ma mort. Avec *lui*, plus de sourire qui torture, avec *lui*, les pleurs qui consolent; *lui* vient de me ravir toute espérance.

— Hélas! je crains que vous n'ayez raison, dit tristement M. Wollis, en serrant affectueusement la main du pauvre Edward.

CHAPITRE XV.

LA DEMI-CONFIDENCE.

Aimer à moitié, c'est haïr.

GEORGES OLIVIER.

LA DEMI-CONFIDENCE.

Sir Edward arriva presque mourant auprès de ses amis qui l'attendaient avec anxiété.

— Comment va ma sœur? demanda Georges du plus loin qu'il l'aperçut.

— Comment allez-vous? dit Zambala, plus logique, et qui devait tout savoir par la réponse à cette question.

— Hélas! répondit Edward en s'adressant à tous les deux, miss Betsy est encore bien souffrante; sa pauvre tête n'est point guérie, et, par malheur, son cœur est plus malade que sa tête.

Notre amoureux désolé raconta dans les plus petits détails, son entrevue avec la sœur de Georges; il leur dit ses espérances, ses illusions, les éclairs de bonheur que la parole de Betsy jetait dans son âme; il leur dit aussi les ténèbres profondes qui s'y glissaient un instant après, quand la jeune fille laissait échapper une de ces demi-confidences corrosives qui plongent dans le doute et allument la jalousie mille fois plus qu'un aveu de désaffection. *Lui*, c'est vous sans doute, poursuivit Edward avec une douce amertume en s'adressant à Zambala, et cependant je vous aime encore.

— Vous faites bien, répondit l'Indien vivement touché de cet aveu, ce mot sorti de votre cœur vous vaudra autant de bonheur que pourrait vous en donner le Ciel...... Oh! ne cherchez pas à me deviner; mais sachez que la parole de Zambala est un arrêt du destin, sachez qu'il regarde l'ingratitude comme le vice le plus odieux de l'espèce humaine, et que, dès ce moment, son bras et son âme sont à Georges son premier ami, à vous son second..... Sir Edward, poursuivit-il, rattachez-vous à la vie qui vous échappe; je vous la ferai belle, radieuse, et un jour peut-être... mais laissez venir ce jour, et vous comprendrez alors à quelles natures de prédilection mon climat et mon ciel donnent leur sève. Pardonnez-moi cet orgueil, ami; mais plus j'étudie votre pays, votre cité royale, plus je me félicite d'en être séparé par le diamètre de la terre.

Vous m'avez dit, ce me semble, ajouta l'Indien d'un ton plus calme, que miss Betsy voulait voir *lui*... *lui* ne serait-ce point son frère?

— Je vous le répète, *lui*, c'est vous, dit Edward, avec un abandon fraternel.

— C'est moi ! et vous m'aimez ! s'écria Zambala, cela est beau, cela est noble et magnanime ; cela est digne du pays où je suis né ; sir Edward, attendez de moi le bonheur que votre Dieu vous a refusé jusqu'à présent ; nous verrons qui de lui ou de moi sortira vainqueur de la lutte.

— Mon Dieu est bien puissant !

— Je soutiens le contraire, puisque vous souffrez et que je vous aime ; que lui ai-je fait, moi, pour qu'il m'attriste, pour qu'il me déchire dans toutes mes affections ? Sa colère a l'air d'une vengeance, et notre Dieu du moins punit et ne se venge pas. Le bengali de nos climats insulte-t-il au vautour et au condor qui labourent l'espace ? Le grillon et la sauterelle outragent-ils le lion, ce terrible promeneur de nos déserts ? Comment donc pouvons-nous, atomes imperceptibles, blesser la grandeur et la majesté de celui dont la voix a dit aux mondes de naître, de briller et de parcourir l'immensité ? En vérité, quand nous voulons nous grandir par tant d'orgueil, nous ne voyons pas qu'il nous rapetisse, et je ne sais, moi, comment on ose enfermer dans un cachot, seul et sans compagnon de captivité, ce malheureux qu'on nous a montré hier, et qui marche toujours courbé vers la terre.

Un nouveau jour venait de se lever pour sir Edward, jour pâle encore et douteux, mais du moins sans tonnerre au ciel, et vous auriez dit un agonisant arraché à la tombe, comme si un prophète avait fait entendre sa voix solennelle. Le jeune homme, presque consolé de ses amertumes passées, osait sourire à l'avenir qui s'élargissait à ses regards, et il se demandait quel Dieu aurait sur lui la puissance de Zambala. Il reconnaissait l'empire exercé par l'Indien sur Georges, tremblant quelquefois à une de ses menaces; il acceptait la tutelle qui lui était offerte, et il résolut de ne plus livrer au vent du hasard une fortune naguère si méprisée; il voulait avant tout ne pas se repentir de sa généreuse protection, et son cœur désirait doter Betsy d'une fortune qui pouvait le doter un jour, lui aussi, d'une tendresse que le Ciel lui avait jusque-là refusée. Quant à Georges, quoique toujours maîtrisé par Zambala, il n'espérait plus rien que de la volonté céleste; il en était venu à tout redouter de l'amitié fanatique de l'Indien; comment jeter sans terreur un regard en avant, quand le présent, quand le passé se cachaient sous de si tristes couleurs!...

— Frère, dit en se levant pour sortir Zambala toujours précis dans ses questions, que te faut-il donc pour te donner de l'énergie? Je te sais du cœur, tu es le plus courageux des hommes, car tu te bats comme un lion, car tu souffres comme un martyr; mais cela ne suffit pas. Ce qu'il faut à tout être pensant, c'est le cœur et l'âme pour la vengeance: et à la lenteur des événements qui se déroulent autour de nous, je commence à craindre que ma tête et mon bras seuls ne suffisent pas ; si j'ai jamais besoin d'un renfort, où irai-je le chercher?

—Chez moi, dit Edward en étendant le bras vers l'Indien.

— Zambala, nos deux natures sont opposées, dit Georges ; d'abord ma guérison, un baiser de ma mère, une caresse de mes sœurs, un regard de ma femme, et puis quand elles m'auront dit leurs malheurs, quand elles m'auront nommé les coupables, ta voix me retiendra au lieu de m'exciter... Que ce moment arrive, que ces révélations aient lieu, et tu verras si le policeman, comme tu m'appelles avec dédain, est toujours un homme de conciliation et de paix.

— A la bonne heure, frère, tu me rappelles notre première rencontre près du Gange, c'est un motif de plus à ma haine pour redoubler d'activité ; descendons, amis, et séparons-nous, vous, sir Edward, allez, rêvez, espérez ; pour toi, Georges, cherche, fouille, trouve et reviens ; moi je m'achemine vers Bedlam. A ce soir encore ici, à ce soir, j'espère pouvoir vous dire le dénouement du drame qui nous brûle.

Sir Edward leva une prunelle suppliante vers le ciel, Georges étouffa un profond soupir; et tous trois un instant après se disaient au revoir dans la rue.

— Pardon, Messieurs, dit d'un ton à demi goguenard le Génois Biaggini en s'approchant assez cavalièrement des trois amis, un de vous pourrait-il me donner l'adresse du banquier Albertini?

— Encore vous? s'écria Georges impatienté.

— Encore et toujours.

— C'est bien de l'impudence.

— Je suis sûr que Mylord ne pense pas comme vous, et qu'il m'indiquera l'adresse du banquier que je cherche.

— La voilà, lui dit Zambala un peu déconcerté, en lui jetant un souverain.

— Oh ! je me la rappelle à présent, je la connaissais déjà : merci, Mylord.

Edward et Georges s'interrogèrent du regard ; Zambala leur sourit, et tous trois se quittèrent.

CHAPITRE XVI.

LE DOCTEUR ET ZAMBALA.

— Toi dont le front baissé fuit mon regard sévère,
Que viens-tu faire ici? qu'y cherches-tu?
— Mon frère.

Casimir Delavigne.

LE DOCTEUR ET ZAMBALA.

Zambala dont le code était l'absolution de tous les actes de sa vie depuis que, par un noble sentiment, il avait posé le pied sur le sol britannique, n'osait pas trop interroger sa conscience sur les redoutables moyens qu'il mettait en œuvre pour l'accomplissement de ses projets. C'est que la conscience impose ses âpres arrêts, se dresse en despote indompté contre toute révolte, toute usurpation de ses droits, et brûle comme un fer rouge la poitrine qui la dédaigne et la brave.

Aussi, même au sein de cette chaude amitié dont il faisait sa gloire et son bonheur, sentait-il parfois en son âme ce que, dans tous les pays du monde, on appelle remords, et dont ne s'affranchit peut-être pas un cannibale après son repas de chair humaine. Plus il étudiait les mœurs de la Grande-Bretagne, plus il se disait que les lois étaient insuffisantes à les corriger; dans sa vanité, il se flattait d'ouvrir une nouvelle voie à sa législation, et à toutes les observations qui lui étaient faites par Edward et Georges, il répondait que son châtiment serait utile à l'espèce humaine.

On lui avait souvent répété que l'Angleterre était une terre privilégiée, que la liberté, le patriotisme puisaient leurs forces dans la sagesse de ses institutions : il l'avait cru d'abord, et il comptait sur elles bien plus que sur lui pour venger son frère Georges des outrages dont le policeman et sa famille avaient été victimes ; mais quand il arrêtait son regard investigateur sur cette immense population qui se déchire et se dévore, il se cramponnait à sa pensée favorite, et il se croyait beaucoup plus sûr du triomphe par lui seul qu'à l'aide des lois et des magistrats.

Ses recherches pour se donner des complices du meurtre commis sur lord B... n'avaient pas été fort laborieuses. Les coquins ne se connaissent pas seulement, ils se devinent, ils se trouvent sans courir les uns après les autres : on dirait qu'ils ont une allure particulière, une figure individuelle, qu'il y a de l'argot dans leurs regards, du cynisme dans leurs paroles de bienveillance, et que sur leur costume taillé comme le vôtre, ils portent à leurs poitrines en lettres rouges tracées dans tous les idiomes : *je suis un vaurien.*

Pour l'homme de tact qui a l'habitude des grandes villes, l'étude du coquin n'est pas chose si difficile qu'on le pense. Celui-ci a beau revêtir son langage des formes polies du monde élégant, il a beau jeter au vent, pour fasciner les regards, pour voler la confiance, quelques poignées de pièces d'or dont la possession le dégrade, il s'exhale de son maintien, de ses prodigalités mêmes, un miasme révélateur, un je ne sais quoi de honteux et de misérable qui le signale et le démasque.

Votre cœur et votre main s'arrêtent en route pour ne pas rencontrer sur leur passage la main et le cœur dont vous auriez tout à redouter.

Rassurez-vous d'ailleurs, et si votre insouciance recule devant une étude de quelques jours, le fripon lui-même se fera un devoir de vous garantir des piéges : il ne vous connaît pas, il n'a entendu prononcer votre nom qu'une fois en sa vie, cela lui suffit, il est à vous ; disposez de son zèle, de son activité, de ses conseils. Vous recevez un billet... — presque tous les coquins savent écrire...—billet tout simple, tout amical, tout fraternel : « Prenez-y garde, Monsieur, Londres est un repaire d'escrocs, ils vous cerclent, ils vous emprisonnent, ils sont là, là et là, ils sont partout, vous ne pouvez leur échapper, qu'à l'aide d'une prudence extrême, ou d'un dévouement de tous les jours. Je suis votre homme, Monsieur; sans moi, vous êtes dévalisé; avec moi, votre montre n'a pas besoin de chaîne, votre secrétaire peut se passer de serrure et de cadenas. »

Pitié! pitié! car ce tableau est vrai.

Zambala parcourut du regard un étroit espace, et quatre coquins lui furent à l'instant désignés; s'il en avait voulu trente, s'il en avait voulu mille, ils se seraient disputé l'honneur de le servir, ils auraient courbé la tête sur un signe dominateur, et ils se seraient écriés merci à une dégradation de plus. Chez eux, de un à deux il y a bien moins de distance que de deux à cinquante.

Des quatre vauriens qui l'avaient secondé dans l'affaire de lord B..., un était Italien, un Anglais, et les deux autres Français.

Écoutez, car ceci est encore un drame, drame de boue et de sang, pages hideuses que l'écrivain moraliste a pour mission de dérouler à tous les regards, et dont s'irritent seuls ceux qu'elles démasquent, car elles les clouent au poteau de l'infamie. Je suis sur mon terrain, et il y a bien des mystères dans les rapides révélations que je vous dois.

Londres nourrit plus de 80,000 Français... je n'ose pas compter le nombre d'honnêtes gens qu'elle renferme, c'est à se voiler la face; ce serait à renier sa patrie, si on ne la voyait là, près de soi, resplendissante de ses arts, de son industrie, de sa gloire... de sa gloire, hélas! aujourd'hui stationnaire.

Les Français à Londres, à très-peu d'exceptions près, se cherchent et se donnent la main; mais alors seulement que les ongles sont devenus longs et tranchants. Et maintenant, écoutez-les : c'est la diffamation, c'est la calomnie; hélas! c'est aussi la vérité, dans toute sa hideuse laideur.

Celui-ci, écrivassier aujourd'hui, jadis magistrat, s'est sauvé parce qu'un déficit à la caisse publique l'aurait conduit au bagne dont on lui a fait grâce en souvenir d'une journée glorieuse dans une révolution qui remplaçait une dynastie par une autre. Il parle beaucoup maintenant, il parle à haute voix, lui qu'on attendait au passage lorsque ses périlleux calculs et son ardente cupidité le poussaient de l'autre côté du détroit.

Du reste il a du moins une franchise, celle de la félonie, s'il n'a pas celle de sa dépravation.

— Je ne dois que deux cent mille francs, dit-il à qui veut, à qui ne veut pas l'écouter, et, tandis que ses honnêtes créanciers attendent les deniers de leur travail et de leur industrie, lui, cet homme à la démarche équivoque, à la tête bien organisée pour l'intrigue, vit dans la joie des festins et dans le luxe des appartements : d'où lui viennent les guinées à l'aide desquelles il peut, dans un équipage, abréger la longueur des courses ?...

Le voile est assez diaphane... Le stigmate se pose sur son front et sur sa conscience élastique..... qu'il se taise donc, qu'il garde le silence : nous sommes riches en souvenirs.

Cet autre, grand brun aux formes athlétiques, est flétri par un jugement solennel. Il a préféré Londres à Brest, à Toulon, à Rochefort, et le voilà, usurpateur d'un nom qui peut compromettre un honnête homme, poursuivant, dans la cité qui lui a donné asile, ses honteuses spéculations et son scandaleux agiotage. Là-bas, on l'appelle banqueroutier, ici on le nomme vendeur d'argent ; là-bas, il eût traîné le boulet, ici on l'accueille... Il est libre, tandis que ceux qu'il a dévalisés, ruinés, meurent sur des grabats.

Législateur, à l'œuvre!

Ecoutez ce tourbillon de promeneurs qui s'agitent autour de vous, et vous croirez assister à une immense émigration de gens à haute intelligence dont l'instruction et le génie ont établi l'empire.

Les uns sont venus régénérer un pays hostile au culte des arts, des lettres et des sciences; les autres viennent doter un sol rival d'une découverte qui doit ouvrir une ère nouvelle au commerce et à l'industrie : leur ingrate patrie n'a pas voulu les aider dans leurs colossales entreprises, ils la punissent de ses dédains et l'appauvrissent de leur absence... dorénavant les ateliers n'auront pas besoin de bras, une machine nouvelle économise des millions à l'industrie, qui n'a plus qu'à se reposer dans le luxe et l'oisiveté ; plus de voiles aux navires voyageurs, plus de chaudière menaçante dans une usine, plus d'incendies à redouter, dans une ville qui en compte au moins quatre par jour.... L'âge d'or arrive, le monde est renouvelé, la pauvreté devient opulence, peu s'en faut que la vieillesse ne ressaisisse la virilité des plus belles années de la vie.

Les inventeurs de tant de merveilles vous arrêtent plus tard dans la rue et vous demandent l'aumône d'une parole protectrice, le secours de quelques shillings pour les aider à ne pas mourir dans la misère, en attendant que l'univers se ravive à leurs prophétiques paroles.

Qu'est-ce qui les a poussés ainsi loin de leur pays, loin de leur famille attristée ? demandez-le aux cours d'assises, demandez-le à leur paresse, à leur goût dominateur pour le jeu et la débauche, demandez-le au cynisme de leur perversité, au silence de leurs remords.

Et ces femmes brillantes comme des météores et passant rapides comme eux, que viennent-elles chercher dans la splendide cité dont nous dévoilons les mystères ? Ces velours, ces soies, ces dentelles, ces diamants, que leur coûtent-ils ? — Rien, car pour elles, l'honneur est un mot, la dignité une chimère, la vertu un fantôme.

Ce qui seul est grand chez les vierges folles dont la vie est un banquet, c'est leur avilissement : ce qui seul est beau, digne d'envie pour ces astres errants sans boussoles, pour ces étoiles filantes, ce sont les guinées seules, les bank-notes, bientôt dissipées, bientôt jetées au vent des plaisirs.

Le passé est si triste pour elles ! il faut bien qu'elles plongent dans l'avenir afin de s'y cramponner à une espérance, à une illusion.

Et au milieu de ce chaos informe de lâcheté et de dégradation, vous voyez se dresser aussi le phare lumineux des cœurs chauds, des hommes d'énergie que des révolutions politiques ont lancés loin de la patrie, et qui se bercent ici comme là-bas de douces et nobles illusions.

Voyez encore, comme une consolation à tant de misères, des jeunes gens studieux qui savent que le monde est un grand livre dont chaque pas est un feuillet à méditer, et qui, après avoir récolté dans un pays neutre pour eux, vont porter ailleurs, apôtres des sciences, le fruit de leurs sacrifices et de leurs méditations.

A ceux-là, mes amis, les sympathies les plus ardentes ; et vous savez déjà que ce n'est pas chez ces derniers que Zambala l'Indien a trouvé un appui pour ses expéditions infernales.

Mais jetons aussi un regard vers cette splendide demeure que je vous montre du doigt ; là vit, au milieu de tout ce que la science a de plus consolateur, de tout ce que l'affection a de plus touchant, le comte d'Orsey, gentilhomme des pieds à la tête, beau, gracieux et noble, bienfaisant, serviable jusqu'à la prodigalité, priant pour l'infortune, lui tendant à la fois le cœur et la main, et ne comprenant de la vie que ce qui doit la faire regretter à l'heure suprême. Ce qu'il veut, lui, c'est la dignité dans le malheur, c'est la bonté dans l'opulence. Cent fois victime de sa générosité, il ne se décourage pas de l'aumône et cherche à s'y fortifier au contraire, dans l'espérance que l'ingratitude y perdra de son cynisme. Il se persuade que les hommes ne sont faux et méchants que malgré eux, et il lutte courageusement contre les passions ou le destin pour rendre à l'espèce humaine un peu de cette dignité sans orgueil, de cette soumission sans servitude qui seules relèvent son courage dans les angoisses de la misère.

Une partie de la fortune du comte d'Orsey a été jetée en pâture à ces effrontés spéculateurs, à ces avides et méprisables citoyens de tous les royaumes civilisés qui courent après les jeunes gens de famille, comme les coquettes après les parures, comme le cœur poëte après la gloire. A un âge où l'avenir n'existe pas, et quoiqu'il ne lui soit permis aujourd'hui de se réchauffer au soleil que le dimanche, son insatiable soif d'obliger lui indique la jeune fille qui a besoin de protecteur, l'artisan qui demande de l'ouvrage et du pain, le prisonnier qui réclame un peu d'air et d'espace; si le comte d'Orsey le voulait, trois cents gentilshommes anglais acquitteraient ses dettes et le rendraient aux plaisirs du monde brillant et blasonné dont il est toujours l'idole ; mais il tient à corriger les vices de l'usure, et il châtie les coupables par où ils ont péché... Le comte d'Orsey ne leur devra plus rien, dès que ceux-ci consentiront à ne recevoir que vingt fois ce qu'ils ont prêté.

Les sciences, les lettres, les arts sont du domaine du comte d'Orsey, qui trouve dans son intérieur un riche écho des plus belles pages de nos philosophes, des plus nobles, des plus gracieuses inspirations de nos poètes, des plus éloquentes émanations des génies de tous les pays. L'étude est le repos du comte d'Orsey; son travail, c'est le sourire sur les lèvres du pauvre qui souffre, c'est la joie se glissant chez l'ouvrier par la porte entr'ouverte....

Si nous cherchions encore, nous citerions avec orgueil les Berryer-Fontaine homme d'intelligence et de cœur, les d'Allex homme de savoir, les baron de Beaulieu, les Halimbourg, les Châtelain, les Prota, les Desplace, les Nérestan, les Roche et quelques autres noms distingués, sachant porter en tous lieux leurs titres de noblesse et leur dignité personnelle.

Mais, hélas! en parcourant dans cette grande carte de Londres l'espace occupé par les hommes d'élite, on le reconnaît si restreint, que Zambala s'adressant au hasard, le hasard devait le seconder.

L'Indien qui ne s'alarmait sérieusement de rien, dès qu'il ne s'agissait que de lui, ne réfléchit qu'un instant à la position qu'il s'était faite auprès du demandeur d'adresses. Cet homme, aidé de ses acolytes, pouvait le dénoncer sans doute; mais leur vie courait autant de dangers que la sienne, et Zambala se retranchait derrière la pusillanimité de ces coquins. D'un autre côté, il savait que dans le tumulte des passions et des choses, un bruit dominant absorbait tous les autres, et ce bruit lui seul pouvait le produire, lui seul possédait de l'or.

Aussi chemina-t-il sans inquiétude vers Bedlam, et lui fut-il aisé de mesurer ses forces pour les opposer avec avantage à celles qu'il allait combattre.

Cette jeune fille si suave et si belle, si intéressante dans son infortune, l'aimait-elle en effet? D'où lui venait son amour? Qu'avait-il essayé, lui, pour l'obtenir?... A qui connaît la cause du mal, le remède est souvent facile; mais lutter dans les ténèbres, chercher la plaie où elle n'est pas, c'est presque toujours aggraver le mal, c'est ouvrir la tombe qu'on voulait fermer.

Je ne sache point de position au monde où le doute ne soit un malheur, se disait Zambala en précipitant sa marche comme pour activer sa pensée, et j'aime bien mieux une désolation qu'une alternative. Ce qu'il me faut, c'est un ennemi debout, en ma présence, la face découverte, la poitrine nue ; et, le colosse ainsi placé me semble plus à dédaigner que l'ornière ou le caillou inaperçu du chemin.

Si miss Betsy ne m'aime pas, poursuivit-il en acceptant avec bonheur cette supposition, si elle en aime un autre, ce qui est probable, comment tenir la parole que j'ai donnée à ce pauvre Edward abattu à la moindre secousse?.....

En vérité, je me suis trop avancé, j'ai trop présumé de mon bon vouloir si chaud dès qu'il s'agit du bonheur de ceux que j'aime ; mais, n'importe, allons en avant ; les bénéfices de l'amitié sont les inquiétudes, les tourments; et ma tâche commence à peine.

Ce fut au milieu de ces généreuses réflexions qu'il arriva à Bedlam. Avant d'entrer, il aurait voulu arrêter un parti, prendre une énergique résolution ; mais le succès pouvait dépendre d'une marche opposée, et il attendit tout des circonstances et de son dévouement.

Le docteur Wollis, averti, vint le recevoir. La malade était calme, résignée, le sourire ne s'était point montré de nouveau sur ses lèvres légèrement colorées, la tête semblait libre et la convalescence commençait. Betsy avait parlé vaguement au docteur d'un homme grand, brun, qu'elle avait vu souvent dans ses rêves, et qui, au milieu de ses aberrations, venait lui apporter des paroles consolatrices. Elle l'avait vu, elle ne croyait pas lui avoir parlé, elle le cherchait et le redoutait à la fois, et le docteur pensait que c'était lui, Zambala, que voulait désigner l'infortunée.

— L'aimez-vous aussi, vous? demanda le docteur Wollis.

— Non, Monsieur, et quand je l'aimerais, ce serait un double malheur.

— Si elle vous aime, je vous en supplie, adoucissez l'amertume de vos paroles; un coup trop direct serait son arrêt de mort, et nous sommes tous intéressés à la conserver; je la crois victime d'une épouvantable profanation.

— Avez-vous cherché à éclairer à cet égard votre religion d'honnête homme?

— Je l'aurais voulu, j'aurais pu même mettre à profit les moments d'une crise pendant laquelle miss Betsy était morte, même à la douleur; mais son langage de la veille avait été si pur, j'avais reconnu dans ses regards, dans ses gestes, dans le choix de ses expressions, une distinction si exquise, que j'ai reculé devant l'épreuve.

— Rien n'est chaste comme la science, je le

sais ; et cependant le médecin doit se préserver du souvenir de certaines émotions qu'il n'est pas toujours maître de chasser plus tard de la mémoire et du cœur.

Georges sans doute allait être accablé par les révélations qu'il attendait. Un frère, deux amis, un cœur d'or au milieu de la corruption universelle, chacun devait avoir sa part d'angoisses, de joie, d'amertume, de désespoir dans le drame dont nul indice encore ne disait le dénouement.

— Hâtons-le, dit Zambala, en doublant le pas, et portons à chacun le coup qui lui est réservé. La foudre tue, mais le repos est dans la tombe.

— A tout à l'heure, monsieur Wollis.

CHAPITRE XVII.

LES DEUX PENSIONNATS.

> La jeune fille, en Angleterre, n'est-elle pas une marchandise exposée en vente à qui veut négocier l'acquisition ?
>
> FOURIER.

LES DEUX PENSIONNATS.

La porte s'ouvre; Zambala paraît; Betsy pousse un cri et se blottit tremblante sous sa couverture.

— Si ma présence vous afflige, si elle vous est importune, parlez, miss... je m'éloigne, dit l'Indien d'une voix qu'il s'efforçait de rendre timide et caressante.

— Restez; oh! restez, dit la jeune fille. Mais

prenez pitié de moi, infortunée, qui n'ai point d'amis en ce monde.

— Et Zambala ?

— Qui est Zambala !

— Celui que vous avez désiré revoir.

— La crainte peut ressembler à de l'ingratitude.

— Mais vous ne pouvez être ingrate envers moi, miss Betsy : vous ne me devez rien ; je n'ai pas eu le bonheur de vous épargner une seule amertume, et je vous accuserais en effet d'ingratitude, si vous ne m'indiquiez pas la route à prendre pour vous protéger contre vos ennemis.

— Que vous êtes noble, Zambala, et que le ciel s'est montré bon pour moi dans sa rigueur, puisqu'il vous a jeté sur mon passage. Dès que je vous ai vu, un instinct, une puissance surnaturelle me dit que je vous devrais une joie, les consolations que Dieu m'a refusées jusqu'ici ; j'ai cru même que vous avez été mon bienfaiteur sans me connaître. J'étais folle ;... ah ! j'étais folle, je m'en souviens, on m'outrageait par quelques aumônes, par des regards plus injurieux encore que les paroles, eh bien ! je ne tremble plus, je ne rougis plus depuis que je me suis mise par la pensée sous la protection de votre généreuse pitié. Et puis, il me semble que je voyais à vos côtés un jeune homme, beau, compatissant, comme vous, dont le front était empreint d'une douceur ineffable et qui m'appelait... oh! c'était un rêve à coup sûr, mais un de ces rêves envoyés la nuit par le Très-Haut pour nous consoler des déceptions de la veille.

Quel est cet homme que j'ai cru voir, il y a peu de temps encore, hier, ce me semble ?... Je vous en prie, monsieur, dites-le-moi, dites-le-moi, et je vous bénirai.

La tête brune et raphaélique de Betsy s'était retirée petit à petit de la couverture sous laquelle la pudeur l'avait abritée. Quand Zambala fixa sur elle son œil fauve, il crut voir l'ange invoqué par les mères pour couvrir de ses ailes d'or le berceau de leur enfant.

Les cils longs et serrés de Betsy voilaient ses noires prunelles, et elle attendit la réponse de Zambala, comme le voyageur attend la goutte d'eau dans l'oasis céleste qui ravive le désert assoupi.

— Lequel de nous deux aimes-tu mieux ? demanda Zambala qui n'osait pas essayer deux confidences sur une tête encore faible et endolorie.

— Je ne sais ; je voudrais l'un pour mon frère.....

— Lequel ?

— Celui que j'aime le moins.

— Eh bien ! ma sœur !.....

— Prenez garde ; je crois que je vous aime mieux que l'autre.....

Betsy devint pourpre, et Zambala, par prudence, n'osa pas pousser plus loin la témérité de ses questions. Il était épouvanté de la candeur de Betsy; il ne voulait pas non plus avoir trop de secrets à confier à ses amis ; et, donnant une nouvelle direction à ses idées, il dit à la jeune fille : — Nous parlons de bien du monde, pourquoi pas de vous seule ? n'avez-vous point de plus sérieuses confidences à me faire?

Betsy se voila de nouveau la tête et garda le silence. Mais Zambala devint plus pressant, et la jeune fille, poussée par une résolution bien arrêtée, dit : — Écoutez donc, Monsieur, et apprenez ce que je suis.

J'étais depuis deux ans dans la pension de mistriss Murray, heureuse, fêtée, sans chagrins sur le passé, sans inquiétude pour l'avenir. Ma vie cheminait tranquille entre les passions de mon âge, passions douces et tendres : reconnaissances sans bornes pour les soins dont j'étais bercée, amour puissant de toute mon âme pour une mère, dont chaque regard était une caresse, amitié fervente pour un frère, pour une sœur dont chaque parole était une affection.

Ma sœur !... oh ! si vous saviez comme elle était belle ! mon frère ! oh ! si vous saviez comme il était beau !... quand je sortais, et qu'assise auprès d'Anna, — elle s'appelait Anna, — je l'aidais de mes petites mains, moins petites que les siennes, à quelque travail du magasin, je voyais toujours de jolies misses, de riches dandys surtout, de magnifiques gentlemen faire arrêter leur carrosse, en descendre, marchander longtemps, et acheter enfin une bagatelle dont je croyais m'apercevoir qu'on n'avait guère besoin. Je ne savais pas alors pourquoi les ladies et les misses faisaient de plus longues stations en face du comptoir, quand mon frère Georges y était, et pourquoi aussi les gentlemen revenaient plus souvent quand ma sœur répondait seule à leurs demandes. Il me semble qu'aujourd'hui j'en dirais la cause.

J'apprenais dans mes classes tout ce qu'on enseigne aux jeunes personnes de mon âge ; je lisais dans les livres saints, et notre institutrice s'appliquait surtout à nous prémunir contre les piéges sans nombre qui nous seraient tendus à notre entrée dans le monde. Hélas ! nous ne demandions pas mieux que de passer nos jours tranquilles dans la retraite, dans le travail et la méditation !

Et cependant, cette tête de treize ans, ce cœur de quatorze, car je crois qu'il avait battu avant que l'âme eût pensé, rêvaient parfois un monde plus chaud, plus animé, plus brillant, et je me plongeais dans des illusions coupables sans doute, puisque je n'osais les confier à personne.

Lorsque nous sortions et qu'on nous conduisait dans quelque parc, je suivais d'un regard avide la jeune femme emportée par son coursier haletant, et mon œil arrivait à l'horizon bien longtemps avant lui. A mon retour, j'étais triste, inquiète, je me sentais emprisonnée, il me semblait qu'on me privait d'air, et je croyais voir les murs de notre maison s'élever jusqu'aux nues.

Ma sœur était heureuse au dehors : pourquoi n'aurais-je pas été heureuse comme ma sœur ? Cette question que je m'adressais souvent me rendait rétive aux leçons de notre institutrice, et je commençai en ce moment une vie de résistance et de réflexion d'autant plus poignante, que je la renfermais en moi seule.

Pardon, Zambala, si je vous dis toutes ces émotions, toutes ces pensées de mes premiers ans ; mais il faut bien que, par une confiance sans bornes et en ne vous déguisant aucun des secrets de ma vie, je mérite l'absolution de mes vœux plus rapprochés et plus coupables sans doute.

Ou je me trompe fort, Zambala, ou j'ai puisé dans le triste séjour de ma pension et dans le bonheur si pur de ma sœur Anna, le germe fatal d'une maladie qui me conduira vite à la tombe.

Le siége de cette douleur contre laquelle la folie seule peut lutter avec avantage, n'est pas seulement dans ma tête et dans mon cœur, il est partout, et plus j'avance dans la vie, plus ma plaie grandit et devient aiguë.

Je souffrais donc, mais sans me plaindre, sans me condamner non plus. On s'en aperçut, on me questionna; je mentis, et le repentir n'arriva pas après le mensonge. Mes larmes coulaient la nuit, larmes brûlantes qui creusaient mes joues; et comme elles ne m'instruisaient pas, mon cœur battait plus fort, mon sommeil était troublé par des visions fantastiques; et ces visions, tableau sans cesse renouvelé d'un univers nouveau pour moi, je les caressais dans mes lentes journées; j'en demandais l'explication à mon âme, à ma tête, à tous mes sens: toujours le silence le plus cruel, celui qui nous livre à nous-mêmes, celui qui nous fait esclaves du mensonge, de l'imposture et de la dérision... A cette dernière période de mon séjour dans la maison où je m'épuisais en luttes stériles, j'appris le mariage de mon frère Georges. Oh ! que sa femme allait être heureuse ! tel fut mon premier cri, et cependant, je me demandais pourquoi l'on ne m'avait pas appelée auprès de ma famille, en un jour si solennel ?...

Je voulais écrire, me plaindre ; mon institutrice me le défendit avec de tendres paroles. Elle, si sévère pour moi, dans ces derniers jours ne me parla plus qu'avec une bonté toute maternelle. C'était à la fois une vive affection et une tendresse profonde ; je me sentis malheureuse dans ses bras. Mes sanglots, mes cris de désespoir ne trouvèrent point d'écho, et c'était alors surtout que j'accusais le ciel de m'avoir privée des baisers de mon père.

Une nuit que, le front brûlant dans mes mains glacées, je pensais à tant de déceptions accumulées sur moi,... des cris sinistres ébranlent la maison... le feu la consume, et j'attends que l'incendie me dévore... les flammes tourbillonnent, les murs crevassés tombent avec fracas, les plafonds s'ouvrent et prêtent un puissant secours au foyer qui s'élargit; j'entends le désespoir qui se tord au milieu du brasier; je vois passer devant moi des fantômes à demi consumés, je reconnais mes amies, mes compagnes au milieu de l'enfer; un réseau de feu m'enveloppe, je ne bouge pas... Tout à coup la porte de ma chambre est enfoncée, un homme s'élance, il m'appelle, il me saisit, moi nue, moi sans défense, il m'emporte, traverse avec moi le foyer ardent au milieu d'une pluie de débris enflammés... et j'entends ces mots sortir d'une poitrine généreuse: C'est ma sœur... je voulus m'écrier: C'est Satan!.... la parole accusatrice expira sur mes lèvres, je n'eus de force ni pour prier, ni pour maudire.

Ici un océan de lumière et tout le chaos du

désastre, plus loin le silence, les ténèbres mystérieuses... combien de temps mon évanouissement avait-il duré ?... où étais-je ? que s'était-il donc passé dans cette nuit fatale?... une voix caressante me parlait, et j'avais peur ; une main frémissante pressait la mienne, et je souffrais... une bouche audacieuse s'imprimait sur mes lèvres, et je me sentais étouffer... on me parlait, je crois, d'amour, de bonheur, d'ivresse... et ces mots à peine compris, à peine entendus, avaient une harmonie lugubre qui n'était ni sans terreur ni sans charmes : enfin, je me croyais en enfer et au ciel en même temps.

Toute la nuit, toute la journée du lendemain, je les passai seule ; une vieille femme, silencieuse comme le remords, m'apporta des aliments auxquels je ne touchai point. Je voulus l'interroger, elle ne me répondit pas même du regard ; je lui demandai qui m'avait conduite dans cette maison, qui m'avait déposée sur ce lit?

— C'est votre frère, me dit-elle.

— Oh! cela est impossible, m'écriai-je. Cela n'est pas, vous mentez.

La vieille sortit en souriant d'un sourire qui me fit tressaillir.

Le lendemain vers minuit, un jeune homme entra... je frémis...

— Miss peut se lever, me dit-il.

Je me crus au milieu de l'incendie, je reconnus sa voix fatale.

— Voici des vêtements convenables, poursuivit-il d'une voix sèche et stridente, Miss va être conduite à sa mère et à sa sœur.

— Et mon frère! dis-je; comment n'est-il pas là pour me protéger!

— Miss le verra plus tard...

Je compris que je ne le verrais plus.

Cependant je m'habillai; une heure après je

me trouvai dans une nouvelle pension : mistriss Edwidge la dirigeait :

Dès qu'elle m'aperçut :

— Dieu! qu'elle est belle! s'écria ma nouvelle institutrice; soyez tranquille, Mylord, nous en aurons soin.

— C'était un lord.... dit Zambala frémissant, qui s'était vainement promis de garder le silence jusqu'à la fin du récit.

— On l'appela Mylord : c'est tout ce que je sais. Il donna de l'or, beaucoup d'or, je crois, à la maîtresse de la maison, et il sortit sans me regarder.

Je demandai timidement où étaient les pensionnaires, mes nouvelles camarades; on se prit à sourire, et l'on me répondit que je les verrais plus tard. Un bain me fut préparé; j'y restai une heure, pendant laquelle deux jeunes filles de douze ans au plus eurent soin de moi; quand je me levai, on soigna mes cheveux, on me coiffa avec élégance, et l'on me dit que la nuit était trop avancée pour qu'il me fût permis de me livrer au repos..... Ma tête s'égarait en conjectures, je n'osais plus questionner; j'obéis en victime dévouée, et cependant, je me confiai à Dieu, protecteur de l'innocence.

Je fus conduite dans un vaste parloir où l'institutrice m'attendait.

Elle me fit asseoir à ses côtés avec une bonté touchante; et me prenant la main, elle m'adressa dans un langage nouveau pour moi, étrange souvent, quelquefois ténébreux, des questions auxquelles je ne savais que répondre..... Elle ne me parlait ni de ma mère, ni de ma famille, ni de mes premières et pieuses leçons; elle laissait les phrases inachevées, elle priait mon intelligence de suppléer à la sienne en défaut; elle voulait savoir, disait-elle, quelque chose de moi, et je tremblais, moi, de tout apprendre d'elle.

J'ignorais le danger qui m'entourait, et pourtant je m'aguerris contre lui. Plus il y avait de tendresse dans les paroles caressantes dont on me berçait, plus je me sentais disposée à les trouver perfides; et leur sévérité m'eût paru plus rassurante. On voulait m'ouvrir les yeux, et je redoutais la lumière; on voulait éclairer mon âme, et je demandais les ténèbres. C'était en même temps une voix de démon qui m'attirait et une voix d'ange qui me repoussait.....

Où étais-je donc, Zambala ?

— Pourquoi n'aimez-vous plus mylord.... Damby... votre protecteur? me demanda mistriss Edwidge qui, pour la première fois, venait de prononcer le nom du gentilhomme dont le bras m'avait arrachée des flammes. — Quel est ce lord? m'écriai-je avec une rapidité qui ne permettait pas de réflexion à la réponse.

— Il nous quitte à l'instant, il est noble, grand et généreux.

— Et il vous a parlé de mon amour pour lui?

— Pourquoi m'en aurait-il fait un mystère ?

— Mais je ne l'ai jamais aimé, moi.

— Il l'a cru.

— Il a menti.

— Vous le lui aviez cependant assuré.

— Il a menti, vous dis-je, et je commence à craindre qu'une honte ne vienne couronner une lâcheté.

— Depuis quand le connaissez-vous? me dit alors mistriss Edwidge en se rapprochant de moi avec plus d'intérêt.

— Je ne le connais pas.

— Ne mentez-vous pas vous-même, miss Georgina?

— Je n'ai jamais menti, et je ne m'appelle point Georgina.

— Oh! il y a là-dessous un horrible mystère à éclaircir; il y a là-dessous peut-être un crime à châtier, dit mistriss Edwidge dont les yeux brillèrent d'un éclat satanique.

— Il y a tout cela, croyez-le, dis-je avec une sainte véhémence; car ce sont des lèvres pures qui vous parlent, car c'est un cœur de vierge qui vous implore. Ce que je suis devenue, poursuivis-je en tombant à genoux, ce qui m'est arrivé depuis ce fatal incendie d'où l'on est venu m'arracher,... je ne sais. Dieu est dans le secret sans doute ; mais ce Dieu qui m'entend, madame, est témoin que je ne l'ai point outragé, que je suis chaste et pieuse, et que si un crime m'a souillée, l'enfer est pour le coupable, le martyre pour moi.

Je pleurais ; mes larmes coulaient brûlantes sur les mains de l'institutrice que je serrai avec transport ; j'invoquais le ciel en témoignage de la sincérité de mes paroles, et je suppliais mistriss Edwidge de me tirer de l'inquiétude mortelle qui me dévorait. Elle cherchait à son tour à me comprendre ; on voyait qu'elle entendait pour la première fois des paroles si douloureuses, et l'on eût dit qu'elles lui donnaient une âme nouvelle. Ses regards baissés à terre semblaient fouiller dans les mystères d'une révélation à laquelle elle ne croyait plus ; ses lèvres agitées murmurèrent des paroles inintelligibles ; s'armant d'une généreuse résolution, elle me releva et me dit :

— Je vous crois, miss ; mais je dois tout savoir pour vous défendre ou vous abandonner. Sur votre salut éternel, vous allez me confier les secrets de votre vie de quinze ans. J'écoute.

— Ne voudrez-vous pas m'apprendre d'abord où je suis ?

— Vous ne l'apprendrez que trop tôt, jeune fille... Parlez.

Tremblante, anéantie, je racontai le terrible événement de la veille ; je dis mon enfance, mes études, le nom de ma famille, le bonheur que j'aurais à l'embrasser et les angoisses dans lesquelles me plongeaient les heures que je venais de passer dans mon délire.

Mistriss Edwidge se leva, me conduisit dans un cabinet séparé du salon par un long corridor, m'y enferma, et me dit à travers la porte :

— Ne vous alarmez pas, ayez courage, attendez-moi, et priez Dieu qu'il me seconde.

Deux heures après, elle revint, le teint animé, les yeux étincelants, le poing fermé : elle me trouva à genoux, et s'asseyant sur la couchette qui me servait de prie-Dieu :

— Vous m'avez dit la vérité, miss Betsy, s'écria-t-elle en me serrant affectueusement dans ses bras.

— Vous savez mon nom ?

— Je sais tout : votre frère Georges était l'honneur de la Cité; votre mère en était l'orgueil; votre sœur la gloire. Eh bien ! vous avez perdu tout cela, miss.... Oh ! rassurez-vous, et écoutez-moi jusqu'au bout. Ce qu'est devenue votre famille, on l'ignore; votre mère, votre pieuse mère, on ne sait où elle a porté son désespoir, et votre vie serait en danger, ainsi que votre honneur, autre part que chez moi. Voulez-vous un asile protecteur ? Je réponds de vous, miss Betsy. Partout ailleurs vos ennemis vous saisiraient; j'ai besoin d'abriter ma vie sous une bonne action, je vous en supplie, acceptez-moi; devant Dieu, qui m'écoute, vous serez respectée.

— Un crime peut être découvert plus tard, poursuivit mistriss Edwidge qui ne voulait pas me donner le temps de la réflexion, je ne veux pas en être complice, et ce qu'il me faut, c'est vous, c'est votre présence, c'est votre voix qui plaideront ma cause. Il est des actions qui purifient, qui régénèrent : l'isolement, la frivolité, les mauvais exemples ont flétri ma jeunesse ; l'habitude du vice m'a faite ce que je suis ; mais telle que l'on m'a faite, je veux montrer que toute dignité n'est pas morte en moi, et que dix ans de honte et d'abaissement peuvent être expiés par un jour de grandeur.

J'écoutais, les yeux égarés, le cœur palpitant, à demi morte par tout ce qu'on me disait de ma mère, par tout ce qu'on me disait de mon frère et de ma sœur, par tout ce que j'apprenais de cette femme, entre les mains de laquelle on venait de me jeter.

— Ma famille a bien pleuré sur mes fautes, je ne veux pas que la vôtre pleure sur vous; le bonheur qu'elle tiendra de moi sera l'expiation de ma jeunesse jetée au vent de la honte et de la paresse, et dans la balance de l'Éternel, peut-être vous seule me ferez-vous monter à ce ciel que j'avais cru perdu à jamais.

J'écoutais toujours....

— Si je vous confiais à des magistrats, dit en terminant cette femme exaltée, on pourrait les corrompre, tromper leur religion; je veux vous garder pour votre sécurité d'abord, puis pour la mienne, et pour me sauver plus tard de l'anathème des hommes. Acceptez-vous ?.. je vous bénis ; si vous voulez partir, vous êtes libre.

— Mais où suis-je, Madame ? m'écriai-je avec un mouvement convulsif.

— En un lieu sûr, Miss, dans une maison

où vous serez respectée comme une chose sainte.

— Et ma famille, qui pourra m'aider à la retrouver?

— Moi peut-être.

— Je reste.

Ce que je vis, ce que j'entendis dans cette maison, je ne saurais le dire. Tout était mystère pour moi, tout y était terreur, et pourtant, j'y vivais chaste et protégée! C'était une pension, m'avait dit mistriss Edwidge : je croyais en cette femme, mais ma raison et mon cœur donnaient un démenti à ma foi. Je cherche encore aujourd'hui à m'expliquer le silence, le bruit, les promenades, les habitudes de cette demeure que je ne saurais retrouver, et je ne puis éclairer ni mes doutes ni mon ignorance.

Oh! instruisez-moi, Zambala, où étais-je?

Les pensionnaires, presque toutes jeunes et jolies, n'avaient d'heures ni pour les repas ni pour le sommeil; elles allaient, comme de légers papillons, où les conduisait leur caprice, et quand un frère, un ami venait les voir, elles sortaient avec lui sans que la maîtresse en fût alarmée. Bien souvent la plupart de ces gentlemen qui me voyaient assise auprès de mistriss Edwidge, demandaient à lier conversation avec moi, mais ils étaient repoussés par elle, quelque flatteuses que fussent pour ma vanité les paroles dorées qui tombaient de leurs lèvres.

Il paraît que quelques-unes des pensionnaires de la maison avaient parlé de moi avec les plus grands éloges, et que leur bon naturel m'avait dotée des qualités qu'elles n'avaient point ; il paraît aussi que des offres magnifiques étaient venues depuis plusieurs jours tenter les bienveillantes intentions de l'institutrice, afin qu'il me fût permis d'accompagner dans leurs promenades mes camarades plus libres que je ne l'étais ; mais la rigueur de mistriss Edwidge fut inébranlable ; elle résista, elle me priva de tout amusement, de toute distraction, et quand je lui demandai pourquoi elle était moins sévère pour mes compagnes, elle me frappait tendrement sur les joues et m'invitait à vivre dans mon ignorance.

Où étais-je donc, Zambala ?

J'avais beau chercher à m'isoler de tout ce qui m'entourait, il ne m'était pas toujours possible de garantir mes yeux et mes oreilles de certains tableaux dont ma jeune tête se trouvait parfois ébranlée, dont mon jeune cœur avait beaucoup à souffrir. Quand éclatait la joie de mes compagnes, je trouvais qu'elle avait quelque chose de frénétique, d'irrationnel que je n'avais jamais rencontré dans ma première pension, et je me demandais alors s'il y a des joies qui ressemblent à des tortures et des rires à des convulsions.

Où étais-je, Zambala ?

Ce qui me frappait encore dans cette mystérieuse maison, c'était la richesse des vêtements et la facilité avec laquelle mistriss Edwidge permettait à ses pensionnaires d'en changer à toute heure de la journée, tandis que moi, délaissée, presque oubliée, je portais toujours ma première robe, mon premier chapeau, et que nul bijou ne brillait ni à mon cou ni à mes doigts.

Mes camarades me plaignaient et me lançaient, en passant près de moi, de ces petits mots piquants qui auraient pu blesser mon amour-propre de jeune fille : mais la glace que je consultais, sans le vouloir, me rendait généreuse, et je pardonnais, il faut bien que je vous le dise encore, parce que je n'avais pas besoin de pardon.

Où étais-je, Zambala ?

Un jour..... Oh! je dois me recueillir, et si je vous confie tous mes souvenirs de cette époque de malheur, c'est que je veux un nouvel appui pour ma vie à venir, un ami nouveau pour les douleurs qui m'attendent. Écoutez.....

Un jour..... Il est là qui me brûle... mistriss Edwidge était sortie pour quelques instants, et moi, seule, dans ma chambre éloignée des autres pensionnaires, je l'attendais avec d'autant plus d'impatience, qu'un grand nombre de visiteurs étaient venus dès le matin. On frappe légèrement deux petits coups rapides à ma porte, puis un troisième. C'était ainsi que s'annonçait mistriss Edwidge.... J'ouvre... un homme s'élance, me prend dans ses bras, cherche à étouffer mes cris; il me presse, il me pousse jusqu'à mon alcove, me renverse..... je devine un crime; mes ongles déchirent l'infâme, mes dents ouvrent ses chairs, ma voix retentit pour demander du secours.... surpris de tant de résistance, mon lâche agresseur m'accorde un moment de trêve; il s'arrête et me supplie de l'entendre..... Je profite de ma liberté pour me précipiter vers la porte; je la franchis et je la ferme sur moi; je traverse le corridor, je suis sur l'escalier, je me précipite, je tombe, je roule jusqu'à la dernière marche. Mistriss Edwidge rentrait; elle me voit, m'appelle, je lui réponds par un violent éclat de rire que je ne pus maîtriser, et je m'éloigne..

— La misérable, s'écrie-t-elle, j'étais sa dupe!

Ma raison m'abandonna, c'est le dernier souvenir de ma première vie.

Où étais-je donc, Zambala?

L'Indien était brisé de tout ce qu'il venait d'entendre; chacune des émotions de la pauvre Betsy avait passé dans son âme pendant ce récit où sa candeur se colorait de si suaves peintures.

Elle avait vu, elle, la naïve enfant, dans les yeux de l'Indien remplis de larmes, sur ses lèvres impatientes de vengeance, combien il prenait part à ses tortures, et de sa voix, douce comme un soupir de la brise se jouant avec les fleurs, elle le remerciait et le bénissait à la fois.

— Où vous étiez, Betsy, lui répondit-il avec une fougueuse tendresse et un geste menaçant, vous étiez dans un asile dont le souvenir doit s'effacer de votre mémoire, si vous voulez qu'elle reste pure et fraîche; ah! cet asile, miss Betsy, je le retrouverai, je vous jure, et alors... oh! alors, il y aura des larmes dans bien des yeux, il y aura des remords dans bien des cœurs.

— Point de danger pour vous, Zambala, ou je redeviendrais folle, ou je rirais encore, et ce sont les rires qui tuent.

Zambala rassura l'infortunée jeune fille; il lui dit, pour lui donner des forces et du courage, qu'il était sur les traces de son frère qu'elle aimait tant, que sa mère et sa sœur ne seraient pas toujours cachées à sa tendresse, et que Dieu devait des consolations à celle qui avait souffert avec tant de résignation et de piété.

—Soyez donc calme, poursuivit-il en se levant, ayez confiance et croyez que vous avez trouvé en moi un de ces amis dévoués jusqu'au martyre, une âme à vous, un bras à vous.

A demain, miss Betsy.

CHAPITRE XVIII.

DEUX PHILOSOPHES.

Que sais-je?
MONTAIGNE.

Ἀνάγκη!
Fatalité!
(HÉSIODE.)

[illegible]

[illegible]

DEUX PHILOSOPHES.

— Noble et chaste ! s'écria le fougueux Zambala, en se précipitant dans le salon où l'attendaient les deux amis.

— Pure aussi ? demandèrent en même temps Edward et Georgès.

— Non ; profanée, flétrie par un infâme !... Mais, l'évanouissement, le délire, le désespoir ont sauvé de la honte cette pauvre victime, et, maintenant encore, elle ne comprend rien au crime qui l'a souillée. La folie a cessé, avec elle, le souvenir de l'opprobre... Que sa raison ne l'abandonne plus, et sa vie de vierge va recommencer... Oui, mes amis, tout ce passé dévorant n'existe plus pour Betsy ; un épais nuage la protége, un voile saint s'est jeté sur ses yeux ouverts à l'espérance. Et nous n'avons rien à craindre pour elle, dans l'avenir que le Ciel lui réserve... Purgeons la terre du monstre dont la présence seule pourrait lui rappeler son malheur.

— Quel est-il ? s'écria Georges, à demi consolé.

— Je l'ignore.

— Qui aime-t-elle ? demanda Edward, d'une voix menaçante.

— Moi...

Sir Edward s'élançait vers la porte ; Zambala lui barra le passage.

— Où allez-vous ?

— En finir avec mes tortures.

— Je vous ai promis Betsy.

— M'aviez-vous promis aussi son amour, sans lequel ma vie est un enfer ?

— Mon Dieu me venant en aide, vous aurez l'un et l'autre. Croyez en moi, jeune homme ; ma pensée ne s'arrête jamais qu'à la limite qu'elle veut atteindre, et le moment où Zambala vous parle n'existe plus pour lui.

— Je vivrai, dit sir Edward avec résignation.

— Bel effort, vraiment, lorsque le Ciel est diaphane, lorsque l'horizon s'élargit !

Zambala raconta rapidement le triste récit qu'il venait d'entendre ; il n'omit rien, car il voulait tout d'abord faire une plaie large et profonde pour la cicatriser plus sûrement.

Betsy, par une protection divine, était sortie respectée de la maison infâme, où sans doute l'avait conduite un lâche ravisseur, et le jour où on l'arracha de l'asile pieux, dévoré par les flammes, fut le seul où elle subit l'outrage.

Edward et Georges sourirent doucement à l'espérance.

— Reposez-vous sur moi, dit Zambala en se frappant la poitrine; le fils de lord B.... ne m'échappera pas, et dès que j'aurai découvert sa retraite...

— C'est donc lui! s'écria le policeman.

— Cette famille est un anathème jeté sur la tienne, Georges, je l'exterminerai.

— Par pitié, mets-moi de moitié dans ta vengeance.

— Cherche, fouille, creuse; que sir Edward nous seconde aussi, et nous serons plus forts que l'enfer et le Ciel ligués contre nous. Toi, Georges, dans Hay-Market; vous, sir Edward, dans le Strand; moi, partout; et chaque soir, confions-nous nos craintes et nos espérances.

Au revoir, mes amis, l'activité c'est le succès; soyons toujours debout; le crime n'a pas un long sommeil, veillons aussi pour qu'il ne puisse point nous échapper... Frère, c'est une sœur, c'est une femme qui t'appelle avec des larmes ; Edward, c'est une fiancée qui vous attend. Ma tâche à moi est la plus rude ; je n'y faillirai pas.

Londres est grand, vous le savez... Une jeune fille à peine échappée à la folie venait de parler ; mais, sur quels indices, même incertains, pouvait-on diriger là ou là ses recherches ? Qui interroger au sein de l'inextricable dédale où tant de vierges déshonorées s'agitent, se mêlent, se confondent ? Betsy, c'est un nom : il est anglais ; mais que de Betsy qui sont Betsy aujourd'hui, qui étaient Malvina hier, et qui seront demain Adda ou Clary !...

Betsy était belle; mais que de brillantes fleurs sans parfums parmi les deux cent mille tiges gangrenées dont le parterre est toute la capitale!

On l'appelait Betsy *la Folle*, et personne n'avait appris qu'une seule de ces filles errantes l'eût reconnue. Le contraire était probable, car les secrets ont des ailes rapides chez toutes les femmes qui jettent leur vie au vent de la débauche, et quand elles ne parlent pas dans leurs tranquilles évolutions, l'orgie ne tarde pas à les rendre causeuses; elles dégagent alors leur tête de tout ce qui la remplit, et la confidence de l'amie à l'amie devient la propriété de toutes.

Betsy avait parlé d'un salon, d'un corridor étroit et d'une petite chambre au fond; le corridor était un indice. Les maisons de Londres se ressemblent, on dirait que l'architecte craint de se perdre dans des constructions nouvelles, et en cherchant bien le corridor, en le trouvant, les questions pourraient amener un heureux résultat.

Betsy avait nommé la maîtresse du pensionnat; c'était quelque chose; ce n'était pas assez, et l'on ne pouvait pas, sans de grands périls pour la jeune fille même, l'interroger encore sur ce triste passé dont elle gardait un si douloureux souvenir. Ces femmes, d'ailleurs, ont également pour chaque circonstance des noms de commande, sans cela leur crédit se trouverait compromis. Les libertins, leurs pensionnaires, sont loquaces autant que les joyeuses compagnes de leurs débauches, et le frais bouquet offert par elles au comte, au baron, au marquis, doit renouveler ses couleurs à chaque station et devenir une conquête d'autant plus difficile à désigner que le sol où il s'est épanoui est plus ignoré.

Les difficultés étaient donc immenses ; mais l'amitié a cent bras comme Briarée et des yeux comme Argus ; elle voit loin, elle saisit de loin, elle fouille profondément partout où son activivé se porte, et Zambala ne croyait guère aux obstacles capables de résister à ses incessantes investigations.

Il connaissait la demeure de lord B..., et ne doutait pas, lui, que ce ne fût un fils de celui dont il avait tiré une si horrible vengeance, qui eût incendié la maison d'où Betsy s'était vue criminellement arrachée ; et il devait penser que l'infâme avait choisi, pour cacher sa malheureuse victime, un lieu fort éloigné.

C'était peu, c'était quelque chose ; mais la goutte d'eau grandit à la rosée, et l'ardente poitrine de Zambala se sentit rafraîchie à ce premier indice. Cependant, il avait besoin d'auxiliaires, et quelque danger qu'il y eût pour lui à fréquenter les lieux où il pourrait rencontrer un des acolytes de son infernale expédition, il résolut de chercher là ses principaux moyens d'attaque.

A Londres, le peuple connaît la noblesse, et dans les rues, il désigne un lord comme s'il s'agissait d'un membre de sa propre famille. C'est qu'à Londres, le riche vit aux dépens du pauvre, le noble aux dépens du roturier ; c'est que la douleur a de la mémoire : tout esclave se souvient de son maître, toute victime de son bourreau.

Zambala venait de régler sa conduite à venir, quand il aperçut de loin la silhouette du demandeur d'adresses ; il s'avança vers lui, et passa lentement à ses côtés pour se faire interroger.

L'effronté Italien ne lui adressa pas la parole, Zambala se retourna, le regarda en face, et, surpris d'un silence inusité, il le questionna à son tour.

— Tu ne me reconnais pas ?

— Pardon, Mylord, j'ai bien reconnu votre seigneurie.

— Laisse là ma seigneurie, et parle-moi comme à un homme.... Que fais-tu là ?

— J'attends.

— Qui attends-tu ?

— Quelqu'un.... les premiers venus sont souvent les bien venus.... Il y a des miettes autour des tables des riches. Il y a bien de l'opulence auprès des clubs de Londres; en homme intelligent, j'ai élu domicile sur les trottoirs de Pale-Male.

— Eh bien! de quel banquier veux-tu connaître la demeure?

— Je les sais toutes sur le bout du doigt.

— Diable! diable! Tu as appris bien des choses depuis deux jours.

— Ces choses-là, Mylord, je les sais depuis mon enfance; il est des êtres privilégiés qui naissent avec du génie.

— Beau génie que celui qui conduit à l'hôpital!

— En connaissez-vous qui mènent à la fortune?

— Oui.

— Par exception?

— Et quand celui dont tu me parles conduit au crime?

— Mylord, n'oubliez pas que vous m'avez acheté: celui qui paye pour une méchante action vaut-il mieux que celui qui la commet? Quand le sang a coulé pour une vengance, quel est le plus coupable de la tête ou du bras?

— J'en conviens, j'ai eu tort.

— Dès lors, je ne m'en souviens plus.

— Tu es encore riche, puisque tu as dédaigné de m'accoster?

— Moi! allons donc; nous autres *bravi* de la morale, nous ne sommes jamais plus pauvres que lorsque nous ne savons pas le nombre de nos guinées; l'intelligence est inactive au sein de l'opulence, et nous n'avons véritablement du génie que dans la misère; les grands hommes, en général, ne sont pas ceux dont les larges coffres-forts sont bardés de lames de fer et d'acier; qui n'a rien à trouver ne cherche pas. Il y a des regards dont l'horizon le plus étendu ne va point au delà de quelques pas, tandis que le mien et celui de mes pareils suivent au loin la courbe de la terre... Tenez, Mylord, vous me demandiez tout à l'heure pourquoi je ne vous avais point interrompu dans votre promenade ; cela est fort simple : et pourtant, c'est le problème de l'œuf de Colomb, il fallait le trouver. Je savais que vous m'aviez vu, Mylord ; si j'eusse été vers vous, à coup sûr, vous m'auriez évité sur-le-champ ; et, dès lors, je vous aurais atteint, moi ; vous ne vous êtes point dérangé, donc vous aviez besoin de mes services ; et puis, Mylord, maintenant que nous nous connaissons... pardon de ma vanité, maintenant dis-je, ce n'est pas quand vous êtes seul que je dois me poser devant vous, un placet à la main, vous me repousseriez peut-être ; tandis que lorsque vous êtes noblement entouré, vous faites bien les choses, je dois en convenir..... Voyez pourtant, poursuivit l'effronté coquin, combien les généreux sentiments ont de puissance sur les âmes les moins disposées à les comprendre : tant qu'ont duré les souverains que j'ai reçus de votre munificence, je vous ai laissé le sol libre, je me suis respectueusement effacé à votre approche, et je ne sortais guère de la taverne que pour alimenter d'air pur mes poumons oppressés dans ces lieux fermés à toute brise. Depuis lors, vous m'avez vu moins circonspect, j'en conviens, et maintenant, quoique l'orgie et la débauche aient dévoré mes économies, vous savez pourquoi je n'ai pas même fait semblant de vous apercevoir, ingrat que je suis!...

— Tu es un bien grand coquin.

— J'ai dix coudées au-dessus de la foule, je plane sur elle comme le chêne sur l'arbrisseau, comme le vautour sur la colombe, ce qui est plus exact; mais vous ne devez dire ces choses-là qu'à voix basse, Mylord, car j'ai vu l'autre jour, en levant la tête par mégarde, un certain citoyen de Newgate, d'où l'on plane aussi sur la foule hébétée...

— Eh quoi! la crainte...

— Du tout : la prévision; et Dieu, si conséquent en toutes choses, se donnerait un démenti, s'il me laissait tranquillement mourir dans un lit, comme James, Giacomo, Michel, John, ou tout autre fainéant de Londres, de Pétersbourg, de Naples, de Madrid ou de Berlin. Je n'ai jamais su vivre terre à terre, je mourrai comme j'ai vécu, à l'air libre, bien élevé.

— Cela est triste.

— Cela est consolant : mourir sans écho, c'est ne pas avoir vécu ; je sais bien que la tombe ne retentit guère et que la foule qui piétine dessus ne réveille pas le cadavre dans son cercueil ; mais, comptez-vous pour rien la dernière pensée de l'homme qui s'en va dans l'éternité ? Vous auriez tort ; elle est le résumé de sa vie, elle en est le complément et la conclusion à la fois ; et, comme les heures d'intervalle sont lentes, tâchons que notre dernière minute soit une joie, pour ne pas nous faire, ici-bas, un enfer anticipé... Croyez-vous à l'enfer, Mylord?

— Comme au Ciel.

— Je n'aurais pas mieux dit.

— Ta pensée n'est pas la mienne.

— Tant pis pour vous.

— Ou pour toi.

— Ne disputons pas pour si peu de chose : regarder trop loin, c'est voir trouble; la vérité, c'est la lumière de l'âme, comme le soleil est la lumière des yeux... Marchez hardiment dans les ténèbres, si vous pouvez, et dites-moi seulement ce qui se passe à un pouce de la surface du sol; qu'est-ce qu'un point à côté de l'immensité?

— Mais, c'est cette immensité même, qui dit la grandeur de l'architecte éternel.

— Soit, je veux vous faire une concession; mais n'exigez pas davantage. Homme, ne dis pas que tu crois à Dieu, c'est de l'orgueil, dis qu'il y en a un, c'est de l'humilité.

— A la bonne heure.

— Quant à ma prière, la voici :

« Mon Dieu, s'il y en a un, sauve mon « âme, si j'en ai une. »

— Le doute, Mylord, c'est presque la foi.

— D'où es-tu ? toi, philosophe d'une si singulière espèce? quel a été ton instituteur dans cette vie tourmentée par les passions!

— Qui je suis? Le sais-je? on ne m'a jamais ramassé dans la rue, on m'y a laissé à ma place, et voilà..... Ce qui m'a instruit? C'est le malheur, ce terrible précepteur de l'espèce humaine, c'est inhumaine que je voulais dire. Le roi du monde, Mylord, c'est l'égoïsme, premier mobile de toutes les actions des hommes. Milton, Sehakspeare voulaient de la gloire..... égoïsme; Vincent de Paule rêvait le séjour éternel... égoïsme... Allez, allez, elles sont bien rares les mains gauches qui ne connaissent point les aumônes faites par les mains droites, et, si l'on ne pouvait se montrer charitable que dans les ténèbres, vous compteriez fort peu de prétendus bienfaiteurs.

— Je te plains pour le cynisme de ta morale.

— Plaignez plutôt les hommes qui nous entourent, pour leurs croyances et leur vanité.

— De la vanité ! eux ?

— S'ils savaient combien il m'a fallu d'intelligence pour arriver seulement où je suis, ils me regarderaient tous avec admiration et respect. La vie, telle que l'ont faite les lois et les usages des nations civilisées, est une vraie torture pour l'homme de cœur, et toute révolte contre cette société bâtarde et corrompue est légitime à mes yeux.

— C'est le désordre que tu prêches.

— Montrez-moi, de grâce, où est l'harmonie... Vanité, bassesse, conscience à vendre, conscience vendue, voilà ce qui domine ; pauvreté, candeur, délicatesse, voilà ce qui est écrasé... Dites-moi la logique d'un pareil état de choses, et je m'incline, et je cesse de plaindre la brebis que le boucher conduit à l'abattoir.

Vous paraissez étranger à ce pays, poursuivit notre coquin, avec un imperturbable sang-froid. J'ai reconnu cela, Mylord ; eh bien ! malgré la scène dans laquelle, grâce à vous, j'ai joué un rôle, je vous crois cent fois meilleur, cent fois plus humain que cette population vagabonde qui s'agite autour de moi, et je suis sûr que vous êtes victime de quelque scélératesse.

— Tu dis vrai.

— Est-ce un de vos ennemis que vous avez frappé l'autre nuit ?

— C'est un ennemi d'un de mes amis.

— Vous croyez à cet ami ?

— Il croit bien en moi.

— Je gage encore que votre pays est à trois mille lieues du nôtre ?

— Tu gagnerais ; merci.

— S'exposer, s'immoler pour un ami d'Europe !!!

— Il s'est exposé, il s'est immolé pour moi dans l'Inde.

— Que voulez-vous que je vous dise ? Je découvre mon front ; Dieu n'a pas perdu sa puissance, et il le prouve par le miracle que vous me citez.

— Comme je l'interprète, dit l'Indien avec une dignité incomprise par le Génois, l'amitié est plus qu'un sentiment, c'est un bonheur, elle fait partout des victimes, je ne l'ignore pas ; mais ne dis pas que la tête du martyr tombe, dis qu'elle monte.

— Bravo ! bravo ! s'écria Biaggini en riant, Mylord arrive de la Lune, et je m'humilie devant sa sagesse..... Cependant, comme toute leçon doit avoir une fin, même toute leçon de morale, dites-moi, Mylord, le résultat de notre conversation d'aujourd'hui.

— As-tu besoin de me le demander ?

— On a toujours besoin de s'instruire, et je suis de ceux qui ne voudraient jamais dépenser inutilement une seule parole.

— Ce que tu regardes comme utile et fructueux pour les uns est pernicieux et inutile pour les autres.

— Oui, Mylord, cela dépend de notre manière de voir et de penser..... Mais pardon, Votre Seigneurie n'a pas encore répondu à la première question que j'ai eu l'honneur de lui adresser.

— Comment, drôle... ?

— Vos exquises politesses me touchent profondément, Mylord, et j'en suis si confus que je prierai Votre Grâce de me les épargner à l'avenir.

— Soit. Quant à moi, j'ai la certitude que tu ne me feras pas défaut dans mes recherches, car je viens d'apprendre que tu étais en morale ce que tu es en religion, un impie.

— Je me flattais, Mylord, que vous saviez cela depuis notre première rencontre.

— Aujourd'hui je n'en puis plus douter.

— Et c'est ce qui doit vous réjouir, Mylord, car Votre Grâce doit être convaincue que nulle difficulté n'est capable de m'arrêter dans ma résolution de lui être utile.

— A la bonne heure.

— Vous le voyez, Mylord, ma foi et ma charité ne vous rapporteraient pas davantage.

— Au fait, si je me suis rapproché de toi et si j'ai consenti à écouter la défense de tes principes, c'est par égoïsme : à mon tour, j'ai besoin d'une adresse.

— Ne vous ai-je pas dit que je ne possédais pas un souverain ? Puisque nous changeons de rôle, c'est à moi de payer.

— Non, ce sera toujours à moi.

— Dès lors, je me sens capable de devenir honnête homme ; mais rien ne presse. Voyons, parlez, j'écoute, je suis prêt.

— Viens donc dans Saint-James-Park, et si nous réussissons, ta fortune est faite.

— Mylord, me voici votre dévoué, puisque vous m'élevez jusqu'à vous par de graves confidences.

— Prends mon bras.

— Oh! si vous me donnez deux cœurs et deux têtes..., les bras obéiront.

CHAPITRE XIX.

LE RETOUR.

L'amour, c'est de l'égoïsme à deux.
Madame DE SÉVIGNÉ.

LE RETOUR.

—

L'éclair qui précède la foudre, voilà la pensée, voilà l'exécution du farouche Indien. Il avait trouvé un misérable sur ses pas, il s'en était servi comme d'un instrument aveugle, et aujourd'hui qu'il le heurte encore dans la rue, il le prend familièrement par le bras et lui confie tous les secrets de son âme et presque tous les mystères de ses amis. Bon par nature, il était devenu cruel par amitié : ce qu'il voulait, c'était l'accomplissement de ses desseins, et il aurait brûlé le monde entier pour ne pas être vaincu dans la lutte ; c'est pour cela que toute prudence lui était interdite.

Satisfait de sa résolution, il avait quitté le misérable Italien livré à ses recherches, et il s'était dirigé vers sa demeure où il espérait retrouver ses amis.

Les voilà, en effet, tristes, silencieux comme de coutume, et impatients de revoir celui qui, seul, pouvait réveiller leurs espérances.

— Savez-vous bien, leur dit Zambala d'un ton amicalement courroucé, que je devrais vous abandonner à vous-mêmes ? Occupez-vous donc de faire marcher les événements, sans vous attacher au char sur lequel ils voyagent : la torpeur, c'est le sommeil ; le sommeil, c'est la mort, et nul secours ne nous viendra de la tombe. Quand le glaive est tiré, il faut s'en servir, ou vous ne blessez personne, et l'indolent, qui s'arrête au premier pas de la course, n'a rien fait pour arriver au but... Vous vous désolez, mes amis ; mais de quelles nouvelles déceptions?... Votre silence est éloquent, et il serait beau, ma foi, de me voir suivre votre exemple. Vous, sir Edward, vous en êtes toujours à l'amertume de vos premiers soupirs ; toi, frère, tu pleurerais ta famille, sans arriver au terme pour lequel nous avons traversé les mers et bravé tant de périls!... Heureusement, continua l'Indien, d'une voix plus calme, heureusement que je veille, heureusement que mon amitié grandit chaque jour, alors que je la croyais arrivée à son paroxysme ; heureusement pour toi que je suis d'un pays où le dévouement n'est point une fiction.

— Qu'as-tu à nous apprendre de consolateur? demanda Georges d'un accent timide.

— Rien, les rouages ne tournent qu'après qu'ils sont fabriqués ; je me suis mis à l'œuvre, j'ai doublé mes forces, et, grâce à moi, les difficultés s'aplanissent : nous avons retrouvé un enfant, nous avons retrouvé une sœur rendue à la raison, c'est déjà quelque chose.

— Ce n'est rien, puisque ce n'est pas tout.

— Courage donc, et pressons les événements... Toi, Georges, pleure selon ton habitude : ta sœur que nous allons chercher te rendra peut-être quelque énergie ; vous, sir Edward, ranimez-vous, suivez-moi à Bedlam, et si je ne prends pas beaucoup d'or dans ma bourse, c'est que je ne crois pas qu'aucun drôle me demande aujourd'hui l'adresse de quelque banquier.

— Toujours des paroles mystérieuses, dit Georges encore blessé de l'importune familiarité du Génois.

— Elles ne sont un mystère que pour qui ne peut les expliquer. Prenez mon bras, sir Edward, il a besoin de se purifier par le contact d'un honnête homme.

Les deux amis sortirent, laissant Georges dans ses douloureuses méditations ; et quoique la route fût longue, Zambala voulut que le trajet se fît à pied ; mais Edward donna l'ordre à son cocher de les précéder et d'aller les attendre à la porte de Bedlam.

Le mouvement est inspirateur plus peut-être que la réflexion et l'immobilité : tout ce qui se déplace vous sert de leçon ; les idées se succèdent comme les tableaux qui se déroulent aux regards, et Zambala était de ceux qui pensent que l'homme stationnaire peut quelquefois donner d'utiles conseils, mais qu'il n'en profite jamais.

Cette longue course, faite d'ailleurs pour raviver le sang attiédi d'Edward, rendit tous ses calculs sans résultat, toutes ses prévisions inutiles, et ce jeune homme, si décidé naguère, s'en allait à la tombe avec tant d'insouciance, qu'il n'osait pas se flatter que le bonheur le rattachât un jour à la vie.

Toute inaction énerve, glace, anéantit; et la pile de Volta peut, seule, ranimer un cadavre : la secousse donnée, l'immobilité recommence, ressaisit le corps, et la parole de Zambala, qui était pour Edward la pile réparatrice, devait retrouver le cadavre, dès qu'elle avait cessé de retentir à son cœur.

— A qui pensez-vous ? dit Zambala, qui voulait abréger la longueur du trajet.

— A elle... Je deviens fou, et je crains qu'on ne me garde une place à Bedlam.

— Le voilà qui se dresse à peu de distance, dit l'Indien d'une voix menaçante et prophétique; appelons notre raison : chacun de nous en a besoin.

Ils frappèrent à la porte en maîtres peu habitués à attendre. On ouvrit, et l'un des gardiens les prévint que M. Wollis était absent.

— Nous l'attendrons, répondit Zambala, puisqu'il nous a donné rendez-vous ; mais pour ne déranger personne, nous allons nous promener dans le jardin. Vous direz à votre maître, ajouta l'Indien, que ce sont les deux visiteurs de la Folle dernièrement arrivée.

— De laquelle ces messieurs veulent-ils parler? demanda l'employé; nous n'en avons reçu hier que deux, et aujourd'hui une seulement; la race de nos ladies s'améliore.

Satisfait de sa réponse, le domestique se prit à rire, afin de donner plus de causticité à sa réplique. Zambala haussa les épaules et entraîna son ami vers une allée solitaire.

L'habitude du malheur rend froid et cruel: l'opérateur qui ampute une jambe, le prêtre qui assiste à une agonie, écoutent avec calme les cris et le râle du patient; ils accomplissent un devoir, et souvent leur sang-froid est un des plus sûrs auxiliaires du succès de leur mission. L'inertie a peut-être aussi son intelligence: l'homme-machine, qui vit et meurt dans les longues salles ouvertes à toutes les infortunes, croit qu'il faut à toute créature humaine des fièvres, des scorbuts, des dyssenteries, des épilepsies, des plaies, et la folie, comme il faut des feuilles à l'arbre, des parfums à la fleur, des gazons à la terre, des nuages à l'air.

Edward et Zambala se promenaient depuis quelques instants dans une allée ombreuse du jardin, quand un individu aux manières polies, au langage distingué, à la physionomie riante, heureuse, à l'organe plein d'harmonie, s'approcha d'eux en les saluant. Nos deux amis lui rendirent courtoisement son salut, et s'arrêtèrent pour lui demander le motif de ses politesses.

— Pardon, Messieurs, leur dit le nouveau venu, pardon, si je vous arrache à vos méditations toutes mélancoliques; mais, comme M. Wollis m'a dit hier qu'il ne rentrerait qu'à deux heures, j'aurai l'honneur, si vous le voulez, de vous conduire dans les chambres des fous, et de vous montrer en détail ce magnifique établissement.

— Monsieur est sans doute attaché, comme médecin, au service de la maison ?

— Non, Monsieur, j'y viens par philanthropie ; le malheur est contagieux, dit-on ; et pourtant, j'aime à m'imprégner des miasmes de cette maladie dont sir Wollis et moi n'avons rien à craindre, tant notre tête est solide, tant notre raison est à l'abri des misères humaines. Et il n'est pas de jour que je ne passe quelques heures ici auprès de mes malades que j'appelle mes enfants. Acceptez-vous mes services ?

— Merci, Monsieur, la bienveillance de M. Wollis nous prive du plaisir de mettre la vôtre à l'épreuve : nous avons déjà parcouru Bedlam.

Edward et Zambala prenaient congé de lui...

— Il vous a montré tous les fous ?

— Tous, Monsieur.

— N'avez-vous pas remarqué que les plus

amusants, les plus curieux, sont ceux qui ne croient pas l'être? Ces derniers, nous les laissons dans leurs joyeuses aberrations; eux seuls ont de la logique en ce monde, et nous ne les contrarions pas quand ils nous assurent que deux et deux font cinq. Tenez, je ne résiste pas au besoin de vous en faire connaître un des plus singuliers. Regardez-moi... Figurez-vous un jeune homme de ma taille à peu près, qu'une passion malheureuse a conduit ici et qui persiste à se croire vieillard; il est atteint depuis l'âge de vingt ans de la folie la plus difficile à guérir, de celle devant laquelle échoue la puissance de nos moyens les plus héroïques... Il ne se croit pas fou.

Il s'indigne qu'on lui ait donné Bedlam pour asile, et il prétend guérir l'espèce humaine pourvu qu'on suive ses ordonnances. Lorsque M. Wollis ou moi nous entrons dans sa cellule, il se lève, il vient à nous, il nous prend le bras, il applique son index sur notre pouls, et il nous ordonne des excitants ou des douches.

Hier, pas plus tard qu'hier, ce serait à en étouffer de rire, si la pitié ne plaidait sa cause: croiriez-vous que cet infortuné m'a saisi à la gorge, et que sans les gardiens qui sont venus à ma voix, il me pratiquait une abondante saignée au cou.

— Vous l'échappâtes belle, dit Edward avec un touchant intérêt.

— Oh! si vous saviez, poursuivit d'une voix plus rapide le bienveillant cicerone, combien nous lui avons administré de douches, combien il a souffert de ces rapides cataractes d'eau glacée qui perforaient son crâne, vous le plaindriez, et vous viendriez lui faire entendre quelques paroles de consolation.

— Qu'à cela ne tienne, répondit Zambala, encouragé par un regard approbateur d'Edward. Vous pouvez nous conduire, Monsieur, nous vous suivrons.

A peine avaient-ils fait dix pas, que leur guide

se prit à courir à toutes jambes et se sauva au milieu de quelques massifs du jardin. C'était la présence du directeur qui venait de lui inspirer cette crainte subite, et celui-ci, en abordant ses amis, les pria de l'excuser de son retard, mais surtout de n'avoir pas pu les débarrasser des importunités de leur compagnon de promenade.

— Sa folie est peu dangereuse, leur dit-il, et je la lui pardonne, quoiqu'elle empiète sur mes droits... Il se croit en pleine raison, ministre absolu après moi de Bedlam, et il s'irrite très-fort quand on refuse ses services. Cependant ne perdons pas une minute, ajouta-t-il, en donnant à sa physionomie un caractère de profonde tristesse... Allons voir miss Betsy dont la guérison est complète ; vous pourrez l'emmener : il est temps qu'elle s'en aille.

Ces dernières paroles furent prononcées par le docteur avec un accent d'indicible tristesse.

Ils s'acheminèrent vers le cabanon de la

jeune fille ; mais M. Wollis voulut absolument les quitter à la porte.

— Vous n'entrez pas avec nous ? lui dit Zambala, du ton le plus amical.

— A quoi bon ? Mes soins sont inutiles désormais à la sœur de Georges, à la fiancée d'Edward. A vous le bonheur, à ceux qui souffrent un peu de pitié ! !

Les instances de Zambala, les prières d'Edward furent vaines, M. Wollis refusa de voir Betsy, et il dit en s'éloignant aux deux amis :

— Plût au Ciel que je ne l'eusse jamais vue ! plût au Ciel que vous eussiez eu la force de l'éviter comme moi, sir Edward, et que vous ne fussiez pas complice de tortures que l'absence seule peut affaiblir ! si le Ciel n'a pas la puissance de les vaincre, croyez-moi, sir Edward, croyez-moi, vous pauvre jeune homme, venez, et laissez Zambala seul avec sa conquête... C'est lui qu'elle aime !

— Docteur, répliqua Zambala, avec un accent

énergique, en vérité j'aime Betsy comme une sœur, et si elle m'aime en effet, ce que je crains, tous mes efforts seront dirigés vers sa guérison.

— Eh bien! dit M. Wollis, vous en serez victime ainsi que moi; miss Betsy n'appartient encore à personne, et je doute maintenant que la religion acceptée par notre conscience soit plus sainte que celle qui nous est imposée à nous, visiteurs de tant d'infortunes.

Le docteur disparut et les deux amis entrèrent chez Betsy, Zambala plein d'une généreuse résolution, Edward écrasé sous le poids des dernières paroles de M. Wollis, qu'il regardait comme un arrêt du Ciel.

Betsy était debout, vêtue avec une élégante simplicité, plus attrayante mille fois que les plus riches parures. La pâleur de son teint était rehaussée par l'éclat de ses yeux noirs, empreints encore d'une douce mélancolie, sa bouche s'ouvrait imperceptiblement sourieuse, et de grandes tresses de cheveux de jais se déroulant sur ses joues ovales, encadraient une tête que l'Albane et Raphaël eussent été fiers d'avoir rêvée.

Dès qu'il la vit, Zambala, le stoïque Zambala, parut moins rassuré. Sir Edward s'en aperçut et douta plus que jamais de son heureux avenir. A leur entrée, Betsy alla vers sir Edward, poussée par un de ces élans de candeur et de naïveté contre lesquels vous chercheriez en vain des armes protectrices, et sa parole, musique harmonieuse, pénétra tous les sens des deux amis silencieux.

— Je vous espérais, dit-elle d'abord à sir Edward, en lui tendant la main que celui-ci baisa avec transport sans que Betsy la retirât ou en parût blessée ; je ne vous attendais pas, ajouta-t-elle en baissant la voix et en s'adressant à Zambala.

Un rapide éclair avait montré le ciel au pauvre Edward ; la parole craintive de Betsy le replongea dans les ténèbres.

Tous trois s'assirent en même temps les uns près des autres ; mais Betsy, par un mouvement qui peut tuer un cœur dévoré d'amour et de jalousie, Betsy éloigna de sa robe de gaze les vêtements de Zambala. Edward mesurait, par la pensée, la profondeur des eaux de la Tamise ; l'Indien méditait.

- Betsy, lui dit-il enfin d'une voix ferme et brève, nous vous apportons un bonheur dont vous devez remercier Dieu et notre ami sir Edward. Il a retrouvé votre frère Georges, et votre rêve d'hier était une réalité.

Betsy s'était jetée dans les bras d'Edward.

— Oh ! que le Ciel vous bénisse pour ce bonheur dont vous inondez mon âme ! s'écria la jeune fille, comme si elle renaissait à une autre vie. Que l'Éternel étende sur vos jours sa main protectrice et garde pour moi seule toutes les amertumes qu'il vous réservait ! Georges ! mon Georges bien-aimé ! l'honneur de ma famille, la joie de mon enfance ! Georges m'est rendu, à moi qui n'espérais plus, qui ne pensais plus, qui ne pleurais plus! Oh! merci, merci, Edward, de ces larmes de tendresse, qui tombent du cœur et sont douces comme un sourire du Très-Haut!... Dieu est plus puissant que je ne le croyais, puisqu'il me rend Georges, le frère de mon cœur, puisqu'il m'enivre de bonheur et d'espérance. Avec Georges, je retrouverai ma sœur, je retrouverai ma mère, et je vous dois, sir Edward, toute la félicité des élus.

Les yeux du malheureux jeune homme se baignaient dans les larmes de la jeune fille, et Zambala, toujours observateur parce qu'il était calme, cherchait à deviner s'il y avait plus de reconnaissance que de tendresse dans les pleurs de Betsy.

Tous trois gardèrent un silence de quelques instants. Betsy le rompit la première, après que ses lèvres se furent posées sur le front d'Edward où le sang s'était porté avec violence.

— Verrai-je bientôt ce tendre frère? demanda-t-elle en se tournant vers Zambala.

— Il vous attend, miss Betsy ; nous sommes venus vous donner cette heureuse nouvelle pour qu'une trop vive joie ne vous fût point funeste.

— Ce n'est pas toujours la douleur qui tue, dit sir Edward avec une amertume à briser l'âme.

— Non, puisque je vis encore, s'écria Betsy; comme si sa pensée ressaisissait un passé fatal. La douleur déchire, brûle ; elle vous jette dans le délire, elle vous fait perdre la raison, et vous inspire le dégoût et le mépris des hommes ; mais elle ne vous tue point, parce qu'elle est sans pitié... Je ne sais, poursuivit Betsy d'un accent frénétique, il me semble qu'il est des douleurs que les femmes seules ont le triste privilége de subir, de ces douleurs d'autant plus poignantes que notre raison et notre dignité nous interdisent de nous en plaindre, qui sont pour nous une torture de tous les instants, qui nous poursuivent dans nos rêves, dans nos prières à Dieu impuissant à les soumettre ; ces douleurs, Zambala, ces douleurs, sir Edward, les comprenez-vous? Dites, vous qui avez toujours eu des battements au cœur, des larmes aux yeux, vous qui n'avez point promené l'avilissement de votre folie dans une cité où une infortune comme la mienne n'entendait ni une parole de pitié, ni une parole de consolation.

Il fallait étouffer ces souvenirs ardents comme un brasier, qui brûlaient la pauvre Betsy; Zambala le comprit, et son active amitié opéra un prodige.

— Je vous plains du fond de l'âme de tout ce que vous avez souffert; mais aujourd'hui que le bonheur vous tend la main, il ne faut pas que votre tête soit malade, que votre cœur se replonge dans ce passé à jamais anéanti. Vous le savez, miss Betsy, votre raison vous a abandonnée au milieu d'un incendie, un bras généreux vous sauva des flammes, vous fûtes accueillie dans une maison protectrice de votre innocence ; un lâche voulut attenter à votre pudeur, vous parvîntes à lui échapper... Votre effroi vous fut bien funeste : il vous priva de la raison... là, est toute votre vie, là seulement sont les souvenirs que vous devez garder dans la mémoire. Ange protecteur de votre existence errante, sir Edward s'est attaché à vos pas et a compris tout ce qu'il devait y avoir de beau, de sublime, dans une âme qui, par pudeur, se jetait dans un péril devant lequel toute autre que vous aurait succombé... A son aspect, je suis venu à lui pour le seconder dans la guérison qui doit vous rendre à ces douces et touchantes affections sans lesquelles la vie serait un châtiment. Il a trouvé votre frère, il vous rendra votre mère, votre sœur, si elles existent encore... Là, je vous le répète, est tout votre passé, tout votre présent, tout votre avenir. Voulez-vous perdre ces bienfaits accomplis, ces espérances promises? Dites : notre amitié vous est stérile, et vous nous avez vus pour la dernière fois.

— Je ne me souviens plus de rien, dit Betsy atterrée par cette menace; tout ce que je sais, c'est que mon frère vit, et que vous me promettez avant ma mort une caresse de ma sœur, un baiser de ma mère.

La pauvre enfant semblait plus résignée que convaincue; mais c'était déjà un triomphe, et Zambala lui offrit son bras pour la conduire jusqu'à la voiture de sir Edward.

— Est-ce que je ne remercierai pas le docteur de tous ses soins, avant de partir? demanda-t-elle, avec un sentiment de crainte indéfinissable.

— Non, il nous a chargés de ses adieux pour vous.

— Tant mieux, poursuivit-elle assez bas pour ne pas être entendue; son amitié me faisait mal; il souffrait en me donnant ses soins, et parfois je croyais reconnaître en lui un dépit cruel de ma guérison. Cet homme-là me hait.

— Et moi, je suis sûr...

— Sortons bien vite, s'écria l'Indien, dont la parole rapide empêcha une indiscrétion d'Edward.

Les trois amis arrivèrent chez Georges qui les attendait avec une mortelle inquiétude... Betsy tomba évanouie dans les bras de ce frère tant aimé. Son cœur battait avec une violence extrême, ses sanglots l'étouffaient. Georges à genoux pleurait et bénissait à la fois : il revoyait une sœur adorée, rendue à la raison, peut-être au bonheur ; il pressait sa brune tête, qu'il baignait de ses larmes ; il voulait parler, et des mots sans suite expiraient sur ses lèvres d'où s'échappaient comme des soupirs à demi étouffés, des prières au Ciel ; ses mains fraternelles rafraîchissaient le front brûlant de Betsy, et quand sa première émotion fut un peu calmée, il lui adressa de ces paroles saintes, pur reflet d'une âme vierge, qui ouvrent à la vie une éternité de délices.

Betsy n'entendait plus, ne voyait plus.... La commotion avait été trop violente, l'ivresse trop inattendue ; elle avait perdu ses sens. L'Indien alarmé s'élança, la saisit dans ses bras, et la déposa mourante sur une couche voisine. Edward et Georges à genoux invoquaient le Ciel, tandis que Zambala inondait le visage de Betsy d'une eau fraîche et déchirait d'une main téméraire les liens et les vêtements qui étouffaient la jeune fille.

Il y eut une heure de mortelles angoisses ; la ferveur, l'affection, la jalousie planaient sur cette scène lugubre, et peut-être un cercueil devait sortir le lendemain de cette maison où venait de descendre un ange...

Dieu eut pitié de tant de misères : le sang de Betsy reprit sa chaleur, ses lèvres doucement colorées prononcèrent quelques paroles inentendues, son pouls battit avec moins de violence, ses yeux s'ouvrirent au jour, et, retrouvant près d'elle la tête de Zambala, elle dit : Merci, ô mon Dieu !

Un torrent de larmes acheva la guérison, et la nuit étant venue, Georges resta seul avec sa sœur.

— Vous aimez Betsy ? dit d'une voix menaçante Edward à Zambala.

— Jeune homme, Betsy sera votre femme. Ils se séparèrent en se serrant la main.

CHAPITRE XIX.

UN NOUVEAU PERSONNAGE.

Noble men and the dirtest mob were thronging about her smiles...

Gentilshommes, manants, se disputaient sa conquête...

GORDON.

UN NOUVEAU PERSONNAGE.

Nous ne savons en vérité sur quelles espérances Zambala, si positif dans toutes ses résolutions, fondait le mariage d'Edward et de Betsy, toujours est-il que le désespoir de notre pauvre amoureux s'affaiblissait, et que son énergie renaissait sous la parole de l'Indien. Mais celui-ci échappera-t-il à la contagion répandue autour de la jeune fille, et n'avons-nous pas à craindre qu'il n'en ait déjà ressenti la redoutable influence ? C'est ce que l'avenir nous apprendra.

La nuit de Zambala fut fort agitée; on eût dit les premières menaces du volcan prêt à lancer au dehors ses laves et sa colère ; il s'interrogeait, il creusait dans ses plus secrètes pensées, pour bien se convaincre que rien de nouveau n'avait refroidi ou réchauffé son amitié; cependant, son cœur était dans l'agitation, et sa parole donnée à Edward lui semblait une témérité. Toutefois, plus inquiet des autres que de lui-même, son âme généreuse arrêtait qu'il ne reculerait point devant son œuvre de farouche grandeur, et il se consolait de ses infortunes à venir, pourvu que le bonheur d'Edward et de Georges fût assuré. Quant aux lugubres événements qui devaient, d'après toute probabilité, résulter des plans dressés dans sa tête de feu, il se flattait qu'il en serait seul la victime, et c'est à ce prix qu'il s'acquitterait envers Georges. Selon ses prévisions, l'ami que lui avait donné le hasard ne succombait à sa douleur que parce que la secousse n'était point assez forte : l'agonie de sa femme, son dernier soupir eussent été pour Georges des coups moins rudes que cette poignante incertitude qui le torturait et le conduisait au tombeau. Quant à Betsy chez laquelle était né un amour que rien ne justifiait, Zambala rêvait un moyen de guérison dont le succès seul pouvait excuser l'audace.

Mais, que de douloureuses pages devaient s'ouvrir encore sur les martyrs dont nous avons mission de dérouler le drame ! Et savons-nous ce que l'enfer ou le Ciel leur réserve d'extases ou de calamités !

Reconnaissant envers tous, Zambala donnait aussi une pensée au docteur Wollis. Mais les hommes, sans cesse en lutte avec les douleurs des autres, trouvent plus aisément que nous les remèdes protecteurs du désespoir. Ce qui devait sauver M. Wollis, c'était ce qui tuait les autres. Zambala avait puisé cette croyance dans la position qu'il s'était faite avec ses amis ; il ne vivait, lui, que des peines de Georges, des larmes de Betsy et de l'amour d'Edward.

Debout avant le jour, il sortit et s'achemina vers la demeure de Georges ; il lui tardait d'apprendre de Betsy elle-même que la nuit avait été calme, et il voulait s'assurer si la jeune fille lui paraîtrait aujourd'hui aussi ravissante que la veille. Pour la première fois depuis qu'il avait voué à Georges une amitié inaltérable, Zambala aurait désiré ne pas le rencontrer. Le hasard lui vint en aide, et, au moment où il frappait à la porte de son ami, Biaggini l'arrêta.

— Ne craignez rien, lui dit-il en l'abordant avec une respectueuse familiarité, je n'ai point d'adresse à vous demander ce matin, et par malheur je n'ai pas non plus quelque chose de positif à vous apprendre.

— As-tu au moins quelques indices ?

— Des probabilités, c'est tout, écoutez : les dames élégantes qui, le soir et la nuit, se pavanent sur les trottoirs, sont toutes mes amies.

— Tu me fais trembler.

— Je voulais vous rassurer au contraire sur l'exactitude de mes renseignements. L'une m'a expédié au sommet de Piccadilly, l'autre m'a fait courir à Pall-Mall, une troisième m'a envoyé à Brianshton-Square, une quatrième vers la tour de Londres ; enfin, j'ai usé mes bottes à votre service ; mais puisque c'est grâce à votre générosité que je puis vivre à mon aise dans cette Babylone empestée où tant d'honnêtes gens meurent de faim, voici le portrait d'un jeune lord dont le signalement ressemble comme deux gouttes de salive à celui qu'on m'a fait de l'incendiaire ravisseur : il m'a été donné par une de mes plus intimes qui me dirait au besoin, je crois, combien il y a de pas d'Hay-Market à Folly-Place, et de Folly-Place à Brompthon-Square. Je l'ai conduite dans un public-house où j'ai dépensé une couronne dont vous me tiendrez compte plus tard avec les intérêts, et j'ai su par elle que le misérable dont nous suivons la trace est à Londres, qu'il a fait une visite nocturne, il y a quelques jours, à son amie mistriss Clarton, qu'il lui a parlé d'une toute récente conquête, et qu'il lui a dit que ses feux s'étaient éteints au contact d'une robe et d'une collerette à demi consumées par les flammes. Celle-ci voulut savoir alors ce qu'était devenue la belle enlevée, mylord lui répondit : — Allez demander à celle qui l'a jetée sur les trottoirs.

— Quelle est cette femme ? s'écria vivement Zambala.

— C'est là aussi la question que j'ai adressée à Fanny la Rousse ; elle m'a répondu que cinq ou six de ses pareilles revendiquaient le privilége, et elle m'a donné leur adresse : j'en ai déjà visité quatre, Mylord, toutes ignorantes du fait que je leur ai signalé, toutes cependant connaissant Betsy la Folle, sur laquelle toutes aussi disent avoir jeté vainement des séductions de tout genre.

— Vite, vite ; allons ensemble dans les deux maisons qui restent à explorer, et si ton Dieu veut que mes doutes se changent en certitude, tu n'auras plus besoin de quêter d'adresses aux passants.

— C'est parce que je veux en venir là que je vous demande un peu plus de réflexion... Comment nous présenter? qui sommes-nous? lords ou libertins de bas étage?... Quant à moi, mon nom est connu de tout le monde, mais selon mes besoins j'épuise le martyrologe au bénéfice de ma sécurité!... Je pourrais vous citer la majeure partie des puissances de la Grande-Bretagne visitant la nuit, loin de leurs timides épouses, les maisons suspectes où ils vont se reposer de leurs débats politiques ; mais je suis discret aujourd'hui, et je vous signale des torts sans vous dévoiler les noms des coupables... la générosité sied à merveille à chacun de nous, surtout à ceux qui ont le plus besoin d'indulgence... mais vous, noble seigneur, gentilhomme par le caractère et la fortune, irez-vous honorer de votre présence une maison équivoque, en compagnie d'un mauvais drôle qui n'a souvent pas une guinée dans sa poche ?... Je calcule les chances favorables ou contraires, et je me décide à me rendre seul dans les domiciles à visiter.

— Tu veux donc que je meure d'impatience ?

— Je veux que vous viviez dans l'attente du succès.

— Allons, tu es un ange.

— Oui, un ange déchu ; nulle miséricorde divine ne peut m'absoudre. J'ai une mémoire ingrate et fatale à la fois, Mylord, je ne sais où trouver une seule église dans Londres où on en compte plus de quinze cents ; je n'ai jamais déposé un centime dans la main du mendiant à la voix tremblante et souffreteuse, et ce que j'ai le mieux oublié dans ma vie de quarante-cinq printemps, qui ont été pour moi autant d'hivers, c'est d'être honnête homme.

Lorsque nous avons affaire à un cœur droit, il faut se montrer tel que le destin nous a moulés. Je ne me relève ni ne me dégrade, et comme je suis très-certain que vous ne me trouverez appauvri d'aucun des vices que j'avoue avec ma naïve franchise, si vous me reconnaissez quelques qualités, vous serez forcé alors de m'estimer plus que je ne vaux... Qu'arrêtez-vous ?

— Que tu es le plus éhonté coquin qui se baigne dans les brouillards de la Tamise.

— Vous ne les connaissez pas tous, Mylord, vous en flattez quelques-uns ; n'importe, je m'humilie dans mon mérite, et je vous salue avec le plus respectueux dévouement.

— A quand?

— A demain huit heures du matin ; j'irai vous demander probablement une adresse à Coventry Street, à l'entrée de Panton Square.

Zambala se rendit auprès de Betsy, je me trompe, auprès de Georges ; Biaggini prit une route opposée. C'est celui-ci dont nous allons suivre les traces.

Comme tous les hommes accablés par le malheur dont ils se font une égide pour se protéger contre l'infamie, comme tous les heureux de ce monde sans cesse occupés à garder leur bien-être, Biaggini pensait beaucoup, il pensait toujours, et rien ne bourdonnait à ses oreilles, que ce ne fût pour lui un objet de profonde méditation. Il voyait la cause de tout : aussi était-ce le principe seul qui attaquait sa raison et qu'il mettait toute sa logique à combattre. Le monde allait parce qu'il devait aller ; mais ce n'est pas le monde qu'il prétendait arrêter dans sa marche éternelle, c'était la volonté qui le fait mouvoir ; et, maîtrisé par l'impossible, il s'était déclaré l'ennemi de tout. Le monosyllabe *moi* lui paraissait la langue universelle ; cette langue était la seule dont il connût les secrets. S'il avait tendu la main à l'infortune, c'eût été à son profit, et s'il se prêtait aux caprices, à la volonté d'autrui, c'était parce que le monosyllabe *moi* se dressait dominateur des intérêts généraux. *Moi*, selon lui, était le seul Dieu de l'univers, mais le seul Dieu en une seule personne : Biaggini n'aimait aucun mystère, ni dans la vie ni dans la religion. Ainsi que l'aigle au haut des airs, ainsi que le lion sur la terre, il regardait comme sa proie tout être se mouvant autour de lui : et, soit par la ruse, soit par la force, il en faisait une victime au bénéfice du *moi* son idole. Jamais apôtre d'une religion sainte ne fut plus fervent dans sa foi.

Plongé dans ses profondes et philosophiques réflexions, Biaggini vit passer auprès de lui une femme splendide par sa démarche, radieuse par sa beauté, riche par son élégance et la somptuosité de sa parure. A son aspect, on ralentissait le pas, on s'arrêtait; les femmes seules baissaient le regard et passaient plus vite.

Biaggini suivra la brillante promeneuse, et celle-ci sera bien favorisée du Ciel si elle échappe aux replis qui vont l'entourer. Biaggini est le reptile des bipèdes, avec cette supériorité cependant sur le boa que ses digestions à lui sont moins lentes et que son appétit glouton dévore sans cesse. En nourrissant les autres, c'est-à-dire en leur tendant au besoin une main protectrice, c'était son estomac qu'il satisfaisait, et soyez sûr qu'il n'aurait jamais dressé le couvert s'il n'eût eu la meilleure place au festin.

La femme supérieure par ses allures, son regard et l'éclat de sa beauté, que Biaggini couvait d'un œil rapace, venait d'entrer, au grand désappointement de quelques avides curieux, dans Saulth Molton Street, dans une maison de pauvre apparence ; donc, il y avait mystère, donc Biaggini devait attendre pour l'éclaircir.

Que lui importait à lui la longueur d'une journée humide ou l'éternité d'un brouillard froid et pénétrant ? Pour les hommes taillés sur le patron de Biaggini le demandeur d'adresses, il n'y a pas de saison ; les giboulées fouettant le sol les trouvent aussi insensibles que les flèches d'un soleil à pic crevassant les murailles. Il attendit la noble promeneuse, bien résolu à ne l'abandonner qu'après l'accomplissement de ses devoirs. Vous savez ce que veulent dire ces dernières paroles dans la bouche de Biaggini...

Le plus puissant véhicule de la Grande-Bretagne, depuis l'insolent à perruque blanche jusqu'à l'humble cocher hissé sur le derrière d'un *keb*, c'est le *public-house* ; sans public-house, il n'y aurait peut-être pas de cochers à Londres. Il n'y en aurait pas à coup sûr, sans le privilége des longues haltes en face des hôtels somptueux. Tandis que les maîtres se délassent dans leur paresse et leur oisiveté quotidienne, tandis qu'ils s'enivrent de débauche aux bras d'une Phryné adroite escomptant son présent au profit de son avenir, que ferait le cocher sans la ressource du public-house? Autant vaudrait être marchand de vieux habits, interprète, cheval fringant ou rosse de rebut. Le public-house ne permet ni l'ennui mortel comme la solitude, ni le vol dangereux comme la paresse. Vous voyez donc bien qu'il est non-seulement utile aux besoins de la classe qui travaille et qui souffre, mais profitable encore à la morale que l'on ne saurait trop recommander aux pays civilisés, par cela seul qu'ils sont les plus corrupteurs.

Biaggini connaissait toutes ces choses, et il n'avait garde de les négliger dans l'occasion. Ce n'est pas aux domestiques qu'il demandait l'adresse du banquier tel ou tel, mais aux seigneurs eux-mêmes, et personne dans Londres ne savait mieux que lui dans quel gousset Mylord emprisonnait son or ou ses banknotes, dans quelle sorte de fermoir Mylady cachait ses billets à ordre ou ses billets doux, et comment était attachée la chaîne de montre ou le collier de diamants dont la poitrine ou le cou des dames était paré.

Biaggini s'approcha d'un cocher bariolé sur toutes les coutures : celui-ci haussa les épaules avec mépris ; l'Italien parla de public-house, l'autre descendit de son trône, et un instant après Biaggini savait que lord et lady Charlotte s'étaient donné rendez-vous, qu'un marché sérieux se débattait en ce moment, mais qu'on doutait qu'il pût se conclure, la dame portant trop haut ses prétentions, ce lord étant couronné de cheveux grisâtres.

Biaggini ne voulut pas en savoir davantage : on ne versa plus de porter, et chacun reprit son poste, l'un, haut placé devant la voiture, l'autre accroupi contre la grille d'une maison voisine. Un instinct secret disait à Biaggini que la noble inconnue devait jouer un rôle dans l'histoire dont Zambala était le héros; et il se promettait bien dans tous les cas de l'engager à y figurer, ne fût-ce que dans son propre intérêt.

L'intrigue est une belle chose à coup sûr; mais être le premier rouage d'une machine dont le mouvement intéresse tant et de si hauts personnages, c'est là une bonne fortune que l'Italien, qui ne l'était peut-être pas, aurait payée du prix de vingt adresses sollicitées et obtenues... Il attendit donc...

Lord S... sortit rouge, presque écumant; Biaggini le reconnut pour l'avoir vainement interrogé deux ou trois fois sur les trottoirs : belle occasion offerte à ses recherches. Bien certain qu'il le retrouverait plus efficacement plus tard, Biaggini le laissa monter en voiture; celui-ci disparut au grand trot de son brillant équipage. Mais vienne la dame, et l'Italien se fera son ombre; être l'ombre d'une élégante silhouette, c'était un honneur et un bonheur à la fois; Biaggini consentit à s'effacer.

La voilà... Il y a sur sa figure pâle et blonde qu'un riche voile de dentelles ne protége pas encore, une expression de colère et de dignité tout homériques... Vous auriez dit la Diane chasseresse défiant à la course la biche capricieuse!... Décidément, lord S... n'a pas de goût, il mérite un châtiment, et c'est lui, Biaggini, courtois redresseur de torts, qui se charge de le lui infliger.

Il était presque nuit: Mylady pouvait impunément garder sur ses traits, dans ses regards, les sentiments de mépris qui agitaient son cœur, personne n'aurait pu s'en apercevoir, si ce n'est pourtant Biaggini, dont l'œil fouillait subtilement dans les plus épaisses ténèbres.

Mylady allait vite, Biaggini la couvait de sa

pensée. La première entra dans Gerard Street, n° 30... Biaggini tomba de toute sa hauteur sur le trottoir.

— Imbécile que je suis! se dit-il à lui-même. Comment, je n'ai pas su voir que ces dentelles, ces diamants, cette démarche souveraine, ces regards nobles, n'étaient que des objets de contrebande, des trésors sans poinçon, en un mot des bijoux anglais? Stupide Biaggini, qui ne reconnaît pas que cette magnifique charpente qui se balance avec tant de grâce, n'est peut-être composée que de pièces et de morceaux!!! Va, tu ne mérites pas ta réputation, et tu es assez petit aujourd'hui pour qu'on ait le droit d'arracher de ton front les lauriers du passé... au reste, les plus exercés s'y seraient laissé prendre comme moi, et il se peut encore que mes yeux aient bien vu ce que ma raison repousse. On dit, quoiqu'on ne me l'ait pas encore persuadé, qu'il y a des perles parmi le fumier: sachons si ce qui m'a ébloui et qui vient de s'éclipser dans ce maudit numéro trente n'est pas un rubis, un saphir, une émeraude, un diamant dont il a la couleur... C'est chose aisée, j'ai encore une guinée à ma disposition, je ne risque rien de frapper à cette porte, mon passe-port est signé !

Il frappa, on ouvrit, il entra et se trouva bientôt dans un salon en désordre, sans élégance, où voltigeaient, avides d'air et d'espace, un essaim de papillons aux ailes diaphanes ; les ailes, c'étaient des gazes légères dont la transparence faisait naître le désir : bonheur presque toujours plus grand que la conquête, et que Biaggini façonné à des émotions moins fébriles ne songeait même pas à satisfaire.

A son aspect, une demi-douzaine de voix harmonieuses comme des instruments en désaccord, le saluèrent par quelques paroles familières et caressantes. L'une d'elles plus timbrée arriva dominant les autres. Biaggini, nonchalamment étendu sur un canapé, la provoqua sans ménagement.

— Combien te coûtent ces velours, ces dentelles, ces fleurs ?

— Ne le sais-tu pas ?

— A quoi bon te parer de tous ces objets de contrefaçon ? moins une femme porte de bijoux, plus elle vaut elle-même.

— Que veux-tu ? on ne trône pas toujours.

— Quand on le peut, pourquoi pas ? Je n'aime pas la gloire des ornements, une couronne est trop lourde pour un front de femme, il se courbe à la porter, et le tien est si beau à voir !...

— Tu as raison, mais je m'en suis dotée aujourd'hui avec ivresse.

— Je le sais bien.

— Qui te l'a dit ?

— Moi.

— Tu m'as donc remarqué ?

— Oui. Dans les rues, dans les parcs, où

nous allons assez rarement, dans les temples où nous allons plus rarement encore, sois sûr que la femme, la jolie femme surtout, voit celui qui la regarde ; il est des occasions où notre cœur est partout, et nul hommage ne nous échappe dans la foule. Je suis jolie femme, donc je devais te voir.

— Ce n'est pas ta coquetterie, c'est ton langage qui m'étonne. Tes sœurs en général ne se donnent pas la peine de le revêtir d'un vernis qui en efface la crudité ; toi, tes paroles se déroulent comme les perles d'un collier de duchesse, et l'on te dirait assise dans le salon d'un prince, dans le boudoir d'une comtesse.

— Qui te dit qu'un tel salon, qu'un tel boudoir ne m'ont jamais vue dominer la foule de mes adorateurs ?

— Qui me le dit ?... la maison où je te rencontre.

— Pauvre fou ! Crois-tu donc que toutes les

femmes montent? crois-tu que parmi nous il n'y ait point d'anges déchus? Étrange et flatteuse erreur qui ne devrait pas loger dans ton intelligence! Comptes-tu donc pour rien dans la vie d'une jeune fille le désir d'émancipation, rongeur comme un cancer, impérieux comme un ordre de Satan? Ce que nous voulons surtout, alors que notre pensée se développe, alors que le cœur s'épanouit avec elle, c'est la splendeur d'un soleil radieux, ce sont les nuits avec ses étoiles et ses mystères, c'est le silence d'une allée ombreuse, c'est un parc sans écho avec un ami au bras, avec une émotion à l'âme, avec un délire dans le lointain. Ce que nous rêvons, après les premières vanités de l'enfance satisfaites, c'est l'éclat fantastique des lustres et des candélabres, astres passagers mourant alors que le plaisir commence; ce qui nous pèse et nous étouffe, c'est le bourdonnement de la foule sans une parole intime, c'est le regard quêteur, arrêté dans sa course par mille regards froids comme l'isolement et la tombe. Le boudoir, le salon, l'empire d'une jolie femme, c'est la cité splendide, c'est la capitale rayonnante, c'est le monde entier avec ses tempêtes et ses enivrements. Ce que nous voulons au-dessus de la gloire, au delà du triomphe, c'est la domination. Je comprends deux hommes sur un trône, je n'y comprends pas deux femmes, et voilà pourquoi nous aimons si souvent à descendre : notre abaissement nous grandit, notre protectorat nous sert de piédestal et l'homme que nous avons choisi au-dessous de nous se courbe et s'agenouille pour nous adorer. Oui, philosophe sans logique, âme sans passion, apprends de moi, dont tu t'étais fait sur le trottoir une si frivole idée, que je suis la plus positive des femmes, et que celle qui n'a jamais su descendre ne saura jamais monter.

Biaggini était interdit, stupéfait. Les camaradés de Charlotte la logicienne riaient sous cape de ce qu'elles n'avaient pas compris, et Biaggini se demandait intimement de quelle tête, de quelle poitrine venait ce torrent de paroles puisées dans une si dangereuse morale.

— Eh bien! eh bien! poursuivit Charlotte qui ne voulait pas que son argumentation demeurât sans réplique; il paraît que tu me donnes gain de cause. Suis-je dans le vrai? suis-je dans le faux? Qui a raison de la folie ou de moi, de l'enfer ou du ciel, de la monotonie ou du mouvement? Réponds-moi donc, ou je te crois endormi.

— Ta parole est de celles qui réveillent et charment, répondit Biaggini avec une galanterie à laquelle il ne s'était point façonné: ta philosophie aussi est de celles qui luisent comme les météores embrasant l'espace sans l'éclairer. Je ne veux ni la discuter ni la combattre, de peur de ne point te convaincre. Mais pourquoi tiens-tu à mon opinion ?

— Parce que tu dois en avoir une.

— Qu'est-ce qui te le fait soupçonner?

— Ne t'ai-je pas dit que la femme voyait tout, observait tout ? je t'ai aperçu vingt fois au moins sous le cadran; je me suis dit: Cet homme n'est ni avocat, ni banquier, ni poète, ni comte, c'est un voyageur stationnaire que les rigueurs du sort ont jeté loin de son pays: il est vêtu avec une certaine élégance, sa démarche a quelque noblesse, il vit de son intelligence, c'est un être privilégié.

— J'accepte, merci; et c'est pour cela que je t'ai suivie depuis Saulth Molton Street. Mais à charge de revanche : comme je ne suis point un vaurien de bas étage, protégeons-nous mutuellement.

— C'est cela... ton nom ?

— Biaggini.

— Italien ? tant pis, mille fois tant pis, s'écria Charlotte avec exaltation.

La cité des Césars ne se retrouve plus dans la cité des papes, Rome ne vit plus que dans son passé ; Venise est une vieille femme en guenilles étalant ses oripeaux aux dentelles de son architecture aérienne ; Milan, Florence et Livourne sont des colonies européennes ; Gênes la superbe ne se souvient guère des Durazzo et des Doria, que grâce à leurs palais de marbre encore debout, quand la gloire de ceux qui les ont bâtis est morte et oubliée ; le lazzarone même de Naples la diaprée a perdu de sa poésie et de sa paresse. Les Apennins sont dépeuplés de bandits, le Forum est sans écho, le Vésuve sans panache, le patriotisme sans autels, et il n'est pas jusqu'au soleil torréfiant jadis les Abruzzes et les Calabres qui ne soit devenu froid et décoloré.

L'Italie aujourd'hui ne se révèle que dans la Sicile par les secousses de son Etna qui impose silence au Vésuve désormais tout à fait prosaïque... Biaggini, je suis fâchée de te savoir Italien, tu perds étrangement dans mon estime.

Celui-ci croisait les bras; il écoutait encore, après que Charlotte eut cessé de parler; il se demandait d'où cette femme si fatalement positive pouvait être partie pour arriver au point où il la voyait; mais dans la crainte d'une nouvelle désillusion, il ne voulut pas pousser plus loin son examen, et poursuivit d'un ton de plaisanterie qui lui était familier.

— Ne m'humiliez pas, miss, je suis citoyen de l'univers.

— Tant mieux, dit la folle avec une joie qui était une réparation.

Les amies de Charlotte sortaient.

— Oh! demeurez, miladies et misses, vous êtes bonnes sans doute : car vous êtes jeunes et frivoles, et si je vous juge bien sous ce rouge et ce blanc qui vous enlaidissent, vous me viendrez en aide.

— Parle, dit Charlotte avec un emportement qui tenait de la colère; cherches-tu une femme?

— Oui.

— Belle, jeune?

— Laide, vieille.

— Tu mens.

— Je le pense... Ah! pardon, je veux dire que je ne connais point la femme qui m'est nécessaire, et que je la suppose dotée de quelques rides et embellie d'une cinquantaine d'années. Est-ce assez pour te rassurer?

— Si tu dis vrai, oui.

— Je dis toujours vrai.

— Alors, achève...

— Qui de vous a entendu parler de Betsy la Folle?

— Moi, moi, moi, moi, répondit tout l'essaim attentif.

— Eh bien! elle n'est plus folle.

— La malheureuse, s'écria miss Forbas, vierge émancipée de quatorze ans à peine, la voilà moins belle, moins jolie, moins intéressante!

— Elle l'est tout autant; elle l'est bien davantage pour ceux qui connaissent sa vie.

— Après, après.

— Voici : elle a été enlevée au milieu d'un incendie; le ravisseur l'a déshonorée.

— Cela lui revenait, dit une fille de treize printemps mais au teint déjà terne et flétri.

— Et puis le lâche a conduit cette enfant d'une excellente famille dans une maison pareille à la vôtre où elle a perdu la raison. Cette maison, il faut que vous m'aidiez à la retrouver.

— Nous les connaissons toutes, s'écria avec fureur une petite blonde et rondelette qu'on eût dite s'échappant à peine du giron maternel.

— Tu te flattes, répondit Biaggini avec un sourire de mépris.

— Voyons, quelques indices, poursuivit miss Charlotte.

— Je n'en ai presque pas... Seulement je

sais que la matrone qui la gouverne est fleurie; qu'elle a le teint coloré de petites rougeurs, la voix creuse et criarde, des dents parfaitement blanches, et l'on ajoute qu'elle éprouve parfois des velléités de délicatesse et de grandeur qui la distinguent de ses semblables.

— Sans cette dernière apostille, dit une des jeunes pensionnaires, je t'aurais mis sur la voie : tu avais désigné mistriss Edwidge.

— C'est elle, dirent les autres, et si elle n'a pas changé de domicile, elle demeurait il y a huit jours...

— N'importe, je la trouverai, moi, ajouta la plus âgée des bacchantes du lieu; elle m'a donné rendez-vous demain à Waterloo Place.

— Oh ! tu es la plus belle de tes compagnes, s'écria Biaggini avec transport, et toi, ma belle, poursuivit-il gracieusement en s'adressant à miss Charlotte, ne fais point cette petite moue qui t'enlaidirait si tu n'étais pas toujours ravissante. C'est une sœur qui a retrouvé un frère, c'est un frère qui veut venger une sœur.

— A la bonne heure, alors, et compte sur nous.

— Et toi, compte sur moi.

Trois lords frappèrent à la porte à peu de distance les uns des autres, les vierges folles disparurent à la parole de la maîtresse du lieu, et Biaggini dit au revoir à miss Charlotte.

CHAPITRE XX.

L'AVEU.

The heart without love, it is the spring without its flowers...

Un cœur sans amour, c'est un printemps sans fleurs...

DRYDEN.

L'AVEU.

—

Quelque franc et loyal qu'il fût dans son cynique langage, Biaggini cachait toujours et à tout le monde une partie des projets médités par sa tête si bien organisée pour l'intrigue, et nous ne savons pas encore les plans qu'il avait dressés au profit de son intérêt et de ses nouveaux amis. Certes mistriss ou miss Charlotte, comme on l'avait tour à tour appelée chez mistriss Edwidge, devait jouer un rôle dans le drame ou la comédie qui se préparait. Mais où était le drame, où se nouait l'intrigue de la comédie de mœurs dont nous cherchons à deviner le dénouement ?... Biaggini garde pour lui seul le secret de ses ressources et nous serons peut-être contraint à le suivre longtemps encore en aveugle dans les mille sinuosités de sa vie de serpent. D'où venait enfin cet être exceptionnel, jouant avec le mal comme le reptile avec le venin qui le protége et le venge. Était-il Italien, ainsi qu'il l'avait une fois assuré à Zambala? Nous sommes forcé de croire qu'il avait menti par cela surtout qu'il avait protesté de sa véracité parfaite et nous en sommes réduit à de stériles conjectures pour éclairer les ténèbres qui nous environnent. Au surplus, historien de cette vie sauvage, immorale, cosmopolite, nous quittons un instant Biaggini pour suivre Zambala chez Georges qui devait l'attendre avec anxiété.

Quant à miss Charlotte, il y avait bien certainement un horrible mystère dans cette existence équivoque jetée au monde pour les joies du ciel ou les tortures de l'enfer. Des manières de bonne maison, des coquetteries de boudoir, de la grâce, de l'élégance comme aux salons dorés des palais, tout cela mêlé de boue et de bitume, tout cela faisait un contraste à briser le cœur, à confondre l'intelligence. La retrouverons-nous encore dans le cours de cette véridique histoire ? Dieu le sait et Biaggini peut-être aussi.

Tandis que cet effronté vaurien méditait ses plans ténébreux, Zambala, le cœur ouvert à l'espérance, se dirigeait vers la demeure de Georges où un doux sommeil avait protégé ses amis. Il arrive, il entre.

— C'est lui, s'écria Betsy arrachée à ses réflexions !

— Ce n'est pas lui, répondit l'Indien feignant de se méprendre sur le sens de cette parole ; c'est moi, Zambala, c'est-à-dire une âme, toujours active, toujours passionnée pour vous.

— Rien de nouveau ? dit Georges, qui venait de remarquer sur le visage de sa sœur un mouvement convulsif.

— Rien de positif encore ; mais un rayon au milieu de l'obscurité qui nous enveloppe. Je me suis donné un auxiliaire capable de gravir pour moi, d'un seul élan, le dôme de Saint-Paul, ou de plonger sans réflexion au fond de la Tamise, Biaggini mon demandeur d'adresses. Il furette, il creuse Londres ; il a partout accès, il se fera tigre ou serpent à une seule de mes paroles, à un seul de mes gestes, et je crois qu'il se sentirait la force de devenir honnête homme, si je lui en donnais l'ordre formel.

— Que sait-il ? dit Georges avec une inquiète sollicitude partagée par sa sœur.

— Il sait qu'il ne sait rien encore, puisqu'il ne sait pas tout. Je lui ai rendu quelques petits services qu'il a déjà parfaitement payés, et j'attends les plus heureux résultats de ses recherches.

— Quoi ! rien de ma femme ! dit Georges avec une grosse larme dans les yeux, et un profond soupir au cœur.

—Rien non plus du fils de lord B... répondit Zambala d'une voix menaçante ; mais nous les retrouverons, amis, l'une pour te rendre au bonheur, l'autre pour acquitter ma dette de reconnaissance.

Les deux amis échangèrent un coup d'œil fraternel ; et soit que Georges fût appelé en effet hors du salon par un motif sérieux, soit qu'il se montrât docile à la volonté de sa sœur, Zambala et Betsy restèrent seuls, le premier inquiet, l'autre tremblante comme une coupable. Il y eut un long silence pendant lequel Betsy et Zambala semblaient mutuellement se redouter ; tous deux s'étaient désirés, tous deux maintenant voudraient se fuir ; leurs regards comme leurs pensées se rencontraient et s'évitaient : et c'était déjà un langage éloquent que ce silence et cette émotion... Zambala, plus fort que Betsy, parla le premier.

— Si ce pauvre Edward eût été avec moi quand je suis entré tout à l'heure, dit-il avec bonté, il se fût estimé bien heureux de votre exclamation, *c'est lui*... c'est une faveur à laquelle vous ne l'avez pas habitué.

— Ne pouvais-je point penser que vous veniez aussi serrer la main à mon frère, comme vous le faites chaque jour ? répondit étourdiment Betsy, en rougissant.

— Allons, allons, ne cachez pas ainsi vos sentiments à un ami qui n'éprouve d'autre besoin que de vous voir heureuse : la vie n'est pas dans l'accomplissement de tous nos vœux ; elle est surtout dans ce que la raison approuve, alors que le cœur est pur et noble comme le vôtre.

— Eh bien ! c'est ce cœur qui va vous parler, Zambala, répondit Betsy en faisant un violent effort sur elle-même. Plus je plonge dans le passé, plus j'y trouve ou je crois y trouver de profondes ténèbres. Que m'est-il donc arrivé qui me fasse en votre présence monter le rouge au front ? pourquoi vous seul avez-vous ce pouvoir ? pourquoi Edward et mon frère ne l'ont-ils pas comme vous ? Auprès d'eux le sourire vient se poser sur mes lèvres, et mon âme s'épanouit à leurs paroles d'affection : vous, Zambala, vous êtes froid, sévère auprès de moi, et je m'en félicite comme d'un bienfait : si votre langage était tendre, je crois que je vous fuirais, j'aurais peur..... Vous connaissez le monde, Zambala, dites-moi pourquoi le contraire de ce qui est n'a pas lieu. Est-ce qu'il est possible que la raison et le cœur soient en désaccord ?

— Hélas ! mon enfant, une pente fatale nous entraîne souvent vers le but que nous voudrions éviter, et nos efforts ne tendent qu'à nous y pousser plus vite. Il est sage de ne point combattre les décrets éternels, et le bonheur est presque toujours dans l'obéissance à ce qui doit être.

L'habitude n'est jamais une extase, mais elle est souvent une consolation et tout ce qui console doit nous être cher.

— Peut-on être consolé avec des désirs à l'âme ? demanda Betsy avec une effrayante naïveté.

Zambala entendit, baissa la tête et ne répondit point.

Betsy poursuivit.

— Je ne crois plus au bonheur tel que je l'ai rêvé, mais il me semble que si l'on souffrait à deux, on ne serait pas à plaindre. Est-ce de l'égoïsme ? je ne sais ; mais il me semble encore que cet égoïsme ennoblit au lieu d'avilir, je voudrais la plus grande part de vos angoisses, Zambala, je les voudrais toutes; et vous, ami, voudriez-vous quelques-unes des miennes?

— Donnez-les-moi, Betsy, et je vous bénirai comme je bénis mon Dieu.

Betsy tremblante garda le silence à son tour; elle se recueillit tout entière à ces dernières paroles de l'Indien, et crut voir s'ouvrir devant elle les portes des élus. Zambala se repentit d'avoir été si positif; mais un pas rétrograde eût été une faute; il accepta les conséquences de ses paroles.

— Je comprends l'amitié, dit Betsy d'un ton plus adouci, et je crois à l'antipathie; mais n'y a-t-il pas d'autres sentiments qui s'emparent de nous en despotes, qui occupent nos jours, qui remplissent nos nuits, qui colorent nos rêves, notre sommeil, et se glissent dans tous nos sens pour les torturer ou les enivrer de délices?

— Oui, Betsy, répondit Zambala décidé au dénouement d'une scène où son rôle était si périlleux ; oui, Betsy, il y a un sentiment dominateur de tous les autres qu'il soumet en esclaves, c'est l'amour.

— Zambala, je vous aime.

Le front de Betsy venait de frapper sur une table près de laquelle elle était assise ; son cœur battait à briser sa poitrine ; ses genoux tremblaient, ses mains crispées s'étaient cachées dans ses longs cheveux, et son corps affaissé attendait la secousse galvanique qui devait la rendre à la vie ou au néant.

Zambala tomba à ses genoux et d'une voix pénétrante :

— Betsy, lui dit-il, douce et noble jeune fille que le Ciel a jetée ici-bas dans sa miséricorde, cœur tendre et dévoué, âme pure et chaste comme une émanation divine, oh ! merci, d'avoir déposé dans mon sein le secret qui aurait dû mourir sur tes lèvres. Tu le vois, je suis à tes pieds, je t'implore et je te bénis à la fois. Betsy, tu n'as point à rougir de ton aveu, tout est pieux dans ta vie de quinze ans, et nul ne te blâmera de la religion que tu t'es faite. Mais deux cultes nous sont permis sur cette terre d'épreuves, et la maison paternelle est le temple où nous devons aussi porter nos prières et notre encens. Betsy, ton frère souffre ; je souffre de sa douleur, de la douleur de ton frère ; qu'elle s'apaise d'abord dans la vengeance que je médite, qu'il y ait une sombre harmonie dans notre existence, et plus tard, quand le ciel sera revêtu d'azur, quand nous n'aurons plus qu'à glorifier Dieu, nous verrons si l'Arbitre suprême nous réserve encore à d'autres tortures, ou si le démon cessera de nous poursuivre... Betsy, je te tends une main suppliante, je t'invoque du cœur, je te supplie avec des larmes ; Zambala s'abîme dans tes douleurs, il t'aime plus que le frère n'aime le frère, autant que le père aime le fils... Betsy, confions-nous au destin et ne jetons pas trop de joie au sein de l'amertume qui nous tue... Betsy, ta main dans les miennes, ton regard dans les miens... J'attends, dois-je maudire? dois-je adorer?......

La main glacée de Betsy venait de tomber dans la main brûlante de Zambala; la jeune fille levait doucement sa tête pâle... la porte s'ouvrit...

— Zambala, vous êtes un lâche!

— Sir Edward!

— Vous êtes un lâche, vous dis-je, et je vous demande raison de l'injure faite à mon cœur, de l'outrage fait à celui de cette jeune fille dans lequel vous distillez le poison de vos hypocrites paroles... Zambala l'Indien, vous vous êtes emparé de moi, non comme l'ami qui protége l'ami, mais comme le tigre de vos déserts qui se joue avec sa proie; Zambala l'Indien, vous vous êtes fait de ma passion un objet de dérision et de mépris; vous vous êtes cru d'autant plus fort que vous m'avez trouvé plus faible, et parce que votre âme est sans noblesse, vous avez cru la mienne sans dignité; Zambala l'Indien, je viens vous punir de votre déloyauté... acceptez-vous le cartel que je vous propose?

— L'arme?

— La plus meurtrière.

— La distance?

— Poitrine contre poitrine.

— Accepté.

— A quand?

— A l'instant même.

— Accepté.

— Je vous suis.

— Le lieu du rendez-vous?

— Bedlam.

CHAPITRE XXI.

CARICATURAL-CAFÉ.

Pour accomplir ma tâche il me faut du courage ;
C'est un immense égout dont je fais le curage.

AMÉDÉE POMMIER.

CARICATURAL-CAFÉ.

—

A ce dernier mot tombé des lèvres de Zambala avec une stridente ironie, Betsy se releva comme frappée par une commotion électrique... Georges s'élança par une porte latérale; sir Edward s'arrêta stupéfait.

— Qui parle ici de Bedlam, s'écria la jeune fille toute palpitante? laissez un air libre aux misères humaines : plus de cachots, plus de cabanons à ceux qui souffrent, la prière et la douleur ne doivent pas être emprisonnées : celle-ci veut un écho sonore qui répète ses gémissements, la première a besoin d'espace pour déployer ses ailes et monter jusqu'au trône du tout-puissant. Bedlam ! dites-vous, est une consolation; vous mentez, Bedlam est un enfer où vous n'entendez que des sanglots, des râles, où la torture est d'autant plus âcre que la plainte y est punie comme le crime. Bedlam ! qui ose parler de Bedlam devant une folle ? est-ce vous, mon frère ? est-ce vous, sir Edward ? est-ce vous, Zambala ? je pèse à votre tendresse, à votre affection, à votre amour, n'est-ce pas, poursuivit la jeune fille avec une exaltation toujours croissante, qui vous dit que je vous aime ? je n'aime rien, je n'aime personne, et si ma bouche a dit le contraire à l'un de vous, c'est que je viens de Bedlam, qui a été mon berceau et qui doit être ma tombe.

La pauvre Betsy chancelait : Edward s'élança et la soutint, tandis que Zambala racontait à Georges ce qui venait de se passer entre sa sœur et lui.

Le front glacé de Betsy se réchauffa bientôt sous la main brûlante d'Edward; son cœur battit avec plus de calme et elle ouvrit les yeux comme si elle échappait à un rêve pénible.

— Toujours vous, dit-elle avec une douceur angélique à ses trois amis; merci Zambala, merci Georges, merci Edward, merci de cette tendresse touchante qui fait de ma vie nouvelle un ciel sur cette terre.... ce généreux Edward, poursuivit-elle en jetant sur lui un de ces regards arrivant à l'âme pour l'enivrer d'espérance, ce généreux Edward est toujours affligé lorsqu'il m'arrive une douleur ; le Ciel vous doit une éternité de délices à vous qui souffrez et qui portez vos douces paroles à ceux qui souffrent... la goutte d'eau après la soif, le rayon du jour après les ténèbres, n'est-ce point là le ciel dont je vous parlais tout-à-l'heure, et qui désire davantage ne doit-il pas être conduit à Bedlam ? Frère, dit Betsy en se levant, j'ai besoin de repos, donne-moi ta main ; sir Edward, je vous salue.

— Pas un mot pour moi ? dit Zambala d'une voix caressante.

Les yeux de Betsy se remplirent de larmes et elle entra dans sa chambre, presque étouffée par les sanglots.

— Vous savez, dit Edward à Zambala dès qu'ils furent seuls, que je n'ai point l'habitude de rétracter ma parole.

— Vous avez tort, sir Edward, il y a plus de grandeur d'âme à pardonner une injure qu'à la punir.

— Je mourrai dans l'impénitence finale, je vous en préviens.

— Cela est impossible, répliqua vivement Zambala, ou bien certainement ma clémence ira vous chercher et saura vous atteindre, sous quelque honte que vous vous abritiez. Je vous ai assigné un rendez-vous à Bedlam, craignez, sir Edward, de m'y convier à votre tour et d'y trouver captive aussi cette belle et pauvre Betsy que je veux vous donner pour femme.

— Mais est-il vrai que vous ne l'aimez pas? On ne se joue point avec tant d'audace des sentiments qui déchirent une âme.

— La raillerie est un remède peut-être à tout caprice du cœur et de la tête; elle est une cruauté à toute profonde tristesse; et je sais moi qui fouille au fond des âmes, que votre vie est une perpétuelle torture. Quand épouserez-vous Betsy? je l'ignore; comment tiendrai-je ma parole? je ne sais; mais ce dont je suis sûr, à moins que la foudre n'éclate sur ma tête, c'est que vous serez l'époux de Betsy.

— Et cependant elle vous aime!

— Oui, autant que peut aimer un cœur de seize ans, autant que peut aimer une âme qui a souffert et qui sent le besoin d'une âme, sœur dévouée à qui elle puisse confier ses amertumes et ses joies. Pauvre fille, ignorante des usages du monde, qui dit — je t'aime — comme la haine dit — je te hais — qui préfère s'exposer aux remords et au repentir que de vivre dans le doute, cette autre douleur plus poignante qu'une déception, qui arrive avec confiance jusqu'aux portes du ciel sans savoir si elles ne lui seront pas fermées. Lorsque vous êtes entré, sir Edward, je recevais l'aveu de sa tendresse.

— Et vous la bénissiez à genoux?

— Dois-je toujours aller vous attendre à Bedlam?

— Sortons, Zambala, vous exercez sur moi une influence fatale, votre parole me rassure quand mon cœur me dit que tout mon malheur me viendra de vous... êtes-vous en effet l'ange protecteur de ma vie, ou le démon qui doit la torturer?

— Je suis Zambala l'Indien, qui n'a jamais

eu qu'une parole irrévocable comme le passé; Zambala l'Indien qui comprend l'amitié jusqu'au martyre, et qui ne serre la main qu'à celui qu'il veut sauver.

Tandis que Georges est auprès de sa sœur et lui montre dans le lointain un bonheur auquel il ne croit pas lui-même, tandis que plus tranquille, Edward obéit comme un enfant aux promesses, au geste, au regard de Zambala et qu'il l'accompagne à saint James-Park, où une brise rafraîchissante achèvera de lui rendre sa raison menacée, que fait Biaggini? qu'a-t-il fait depuis qu'il a quitté Zambala? hardi, actif comme l'avarice ou la charité, entreprenant comme l'intrigue ou le crime, il a visité plusieurs maisons dangereuses qu'il aurait trouvées dans Londres les yeux fermés; il a interrogé les habitués de ces lieux de paresse et de débauches, et il a été mis à peu près sur les traces du ravisseur de Betsy; non pas qu'on lui ait indiqué la demeure qu'occupait en ce moment ce misérable, mais il avait appris du moins que les lâches acolytes qu'il s'était donné pour l'incendie et le rapt, étaient à Londres jetant aux sales plaisirs le prix de leur scélératesse. Il lui semblait étonnant, à vrai dire, de ne pas connaître encore ces coquins de bas étage, lui dont les ramifications étaient immenses, et il se promettait bien de remplir cette lacune dans l'histoire de sa vie dont il ne fallait point qu'une seule page fût douteuse. Ces vauriens une fois à sa disposition, l'adresse du ravisseur de Betsy devait lui être livrée; il usait de celui-ci selon son bon plaisir et après lui avoir arraché quelques centaines de guinées pour prix de sa discrétion, il en arrachait dix fois plus à Zambala pour prix de ses manœuvres et de sa capture. Cela fait, il se mettait en quête d'une délicieuse habitation loin du tracas des villes, loin du contact des intrigants, et il allait dérouler sa vie, sans remords sur le passé, sans inquiétude pour l'avenir. Comme vous le voyez

Biaggini voulait devenir honnête homme : il pensait si souvent à une conversion au bien, que nous qui fouillons profondément dans les pensées de ce misérable, nous croyons que rien n'est sérieux dans ses projets, si ce n'est le double vol prémédité sur Zambala et sur le ravisseur de Betsy.

A peine nos deux irréconciliables amis eurent-ils fait quelques pas dans la rue, qu'ils entendirent auprès de Coventry-Square, l'un des plus magnifiques de Londres, les glapissements d'un groupe assez nombreux de personnes se disant toutes à haute voix qu'il fallait se parler à l'oreille, afin que les policemen ne les dérangeassent pas dans leurs projets du soir.

Du milieu de ces voix éraillées s'en élevait une, impérieuse, stridente, qui voulait bien ce qu'elle voulait et qui ne permettait aucun contrôle : les gestes les plus énergiques escortaient chacune de ses paroles, et la fin de ses périodes était un vigoureux coup de poing, brisant une mâchoire ou martelant une poitrine ; le moyen de résister à cette éloquence de gladiateur ? Aussi domina-t-elle bientôt les volontés des autres courbées et convaincues, et fut-il permis d'entendre la péroraison de l'orateur glorieux de son triomphe. C'était Biaggini ; vous devinez pourquoi Edward et Zambala prêtèrent une plus vive attention à ses discours.

— Vous êtes des niais, leur dit-il, vous ne comprenez rien à la vie. Elle est dans le plaisir, et le plaisir c'est la variété. Oui, grâce à vous, ce *Caricatural-Café* a perdu de son éclat ; il ne mérite plus la brillante réputation qu'il s'est acquise, et c'est votre insouciance qui l'a détruite... Eh quoi ? vous y figurez toujours des scènes de bas étage, des vols, des meurtres qui ne peuvent conduire le coupable qu'à Botany-Bay ? Vous ne montrez toujours aux curieux moralistes que des O'Connel, ce géant de la parole, ce puissant levier des masses, menant l'Irlande au festin de la métropole vaincue : des ducs de Brunswick traînant le *Journaly-Canaille* Gregory devant ses juges, dont il sollicite lâchement le pardon.

Je vous le répète, vous ne comprenez rien à la vie, et je veux vous régénérer au culte du beau... Il me faut aujourd'hui un tableau, plus curieux, plus chaud, plus palpitant ; il me faut un drame avec le licou de Newgate pour dénouement ; il me faut un viol de jeune fille, un incendie de maison sainte, une scélératesse de haut étage... Pouvez-vous me donner tout cela ?

— Oui, oui, répondit un chorus sonore, tu auras tout cela, Biaggini.

— Je vous ai fait part de la masse, poursuivit le Démosthène de carrefour, venez, je vous dirai les détails, et la soirée sera conservée dans nos souvenirs.

La tourbe convaincue se dispersa tandis que Zambala, content du motif qui faisait agir l'intrigant Italien, demandait à Edward ce que c'était que ce *Caricatural-Café* dont on venait de proclamer le mérite et l'utilité.

— Je sais qu'il existe, répondit Edward ; mais je ne comprends pas pourquoi nos législateurs qui se targuent de tant de sagesse et de prudence ne l'ont pas encore réduit en cendres... c'est un repaire infect de désœuvrés et de libertins, où l'on n'entre qu'en payant une assez forte rétribution, et où l'on figure d'une façon toute grotesque les plus graves événements de la vie. Il n'y a pas chez nous de célèbre procès qui ne soit caricaturé dans cet infâme bouge, il n'y a pas de mystérieux débat de famille qui n'ait là un épouvantable écho ; et je sais que vous-même, Zambala, vous avez été traduit à sa barre pour avoir sauvé naguère une femme et un enfant qu'on allait écraser sous les roues d'un carrosse... Nobles actions, sublimes dévouements, illustrations européennes, tout est sacrifié dans ce tripot, au caprice d'un misérable saltimbanque qui fait un lâche d'un martyr, un coquin d'un apôtre de charité.

— J'étudie les mœurs de votre pays, sir Edvard, dit l'Indien, il faut que vous me conduisiez ce soir au *Caricatural Café ;* vous savez d'ailleurs combien je prends d'intérêt au drame que va y représenter le demandeur d'adresses.

—J'en suis fâché, Zambala, répondit Édward d'une voix décidée, mais je ne serai point votre guide; on ne va point en de pareils lieux quand on porte un nom honorable, quand on a une réputation à garder… Betsy, l'infortunée Betsy poursuivie par la folie et le malheur, y fut un jour, dans la personne d'une fille éhontée, l'objet de la risée publique ; on y caricatura sa détresse, sa déraison, son instinct de dévouement ou plutôt son courage, alors qu'elle sauva un enfant qui allait se noyer dans Hyde-Park ; et je ne répondrais pas, si on nous voyait là, que nous ne devinssions à l'instant même, l'objet d'une bouffonne et méprisable comédie. Là, point de murailles protectrices de l'intérieur des ménages, point de rideaux abritant les chastes amours, point de silence pour les enivrements du cœur ; tout y est à découvert, tout y est sale, honteux ; et plus la scène est hideuse, plus les spectateurs battent des mains et s'épanouissent à la dépravation. Il en coûte, m'a-t-on dit, une demi guinée pour entrer dans cet antre fangeux, jetez-en une à un misérable habitué haletant à la porte, et faites-vous raconter demain les divers épisodes du drame préparé par l'Italien ; mais croyez-moi, Zambala, n'entrez jamais au *Caricatural Café* ; vous vous exposez à être salué dans la rue par quelques-uns de ces misérables, dont la vie est un opprobre, dont la mort ne sera pas même une expiation.

Biaggini, qui avait ses projets, Biaggini, dont l'esprit inventif aurait prouvé au besoin que le soleil et non la terre tourne dans l'espace

Biaggini dont le cœur corrompu gardait pourtant le souvenir des bienfaits, avait voulu que la soirée du *Caricatural Café* fut solennelle; et pour cela, il en avait appelé au ban et à l'arrière-ban de ses amis. Le nombre des amis de l'Italien était immense, et le moraliste a presque toujours remarqué que les coquins, bien plus que les honnêtes gens, se lient et se viennent en aide. C'est chez eux surtout que les dévouements sont sublimes; ils vont jusqu'au martyre, et la chaîne ou la corde du bourreau tranche souvent une vie sans tuer une affection.

Longtemps avant la nuit, une foule compacte assiégeait la porte du *Caricatural-Café*; Biaggini avait hautement répandu le bruit qu'un grand mystère y serait joué; il avait choisi lui-même les héros du drame; il comptait sur leur intelligence; et l'un des premiers à son poste, il voyait arriver la foule avec un bonheur dont il ne pouvait maîtriser les élans.

La séance s'ouvrit par la parodie de quelques-unes de ces scènes de ménage dont on ne s'occupe guère maintenant que dans les petites villes. On y représenta un membre du parlement battu par sa chaste moitié, un fougueux journaliste cavalièrement abandonné par la sienne ; et quand le grand juge éleva la voix pour flétrir la conduite de l'infidèle, celle-ci se retrancha dans ce dilemme de tous les pays, de toutes les époques : *Il n'y a que le premier pas qui coûte, et l'habitude est une seconde nature*... Un grand éclat de rire de tout l'auditoire donna gain de cause à la fugitive, et le mari confus se retira, clopin clopant, dans son domicile solitaire.

Il y a des malheurs qui deviennent des hontes quand on s'expose deux fois à les subir, et la dignité dans l'infortune est un appel à toutes les sympathies ; mais celles-ci vous feront toujours défaut dès que les intérêts du cœur seront sacrifiés à de futiles convenances, et peut-être même à de basses et sordides spéculations. Les autels du foyer ne doivent pas se dresser pour un encens profane : anathème et dégradation sur celui dont les poumons n'en sont point oppressés.

Ce jour-là le *Caricatural-Café* fut sobre de cynisme et respectueux envers la reine des trois royaumes unis dont il avait souvent eu l'insolence de parodier la grâce infinie et la bonté parfaite ; il ne l'attaqua point dans ses bienfaits. Il laissa l'auguste souveraine livrée à ses études et aux doux soins de la maternité, si bien compris par son âme ; et la foule immonde du lieu ne battit point des mains aux scandales dont on lui offrait chaque jour le hideux tableau.

Mais le plus profond silence plane sur l'assemblée ; un homme se lève, il accuse un des assistants d'avoir incendié une maison et arraché du milieu des flammes une ravissante et naïve jeune fille qu'il a profanée, pour la jeter plus tard dans un monde corrompu. L'accusé, poursuit le grand juge, n'avoue pas son crime ; mais des témoins seront entendus et la victime d'un si horrible attentat va comparaître elle-même à l'audience...

— Accusé, asseyez-vous.

— Premier témoin, approchez... Reconnaissez-vous le coupable ?

— Oui, Mylord.

— Voyez, levez-vous.

— Oh ! c'est bien lui... front bas et déprimé, nez crochu, regards obliques, menton fourchu, dents rares, longues et d'un vert radieux. Je le reconnais à merveille ; c'est là une de ces figures qu'on n'a pas besoin de revoir pour qu'elles se gravent dans la mémoire... Lucifer ne s'est montré qu'une fois aux hommes et son véritable portrait est partout.

Un bruyant éclat de rire dit au témoin combien sa déposition avait été éloquente. Mais le président réprima bientôt ce témoignage irréfléchi de la satisfaction publique et fit comprendre que la dignité de la justice en pourrait recevoir quelque atteinte.

— Il faut du respect pour le malheur, ajouta-t-il, et jusqu'à ce que l'arrêt ait été prononcé, vous devez croire l'accusé innocent.

Un second témoin se présente à la barre et s'exprime ainsi, après avoir juré sur les livres saints qu'il va dire toute la vérité.

— Je me promenais près de Bryanston-Square, attendant un honnête négociant qui ne sort jamais sans avoir sa poche bien garnie de banck-notes, lorsque deux hommes fort mal vêtus passèrent auprès de moi en murmurant ces mots *amadou, souffre, brasier;* mon intelligence me fit présumer qu'il était question de feu; je suivis donc les deux individus et je les vis s'arrêter en face d'une maison dont vous avez appris la ruine. Là ils s'approchèrent d'un carrosse; un gentleman en descendit: celui-ci leur donna une bourse et immédiatement après, les deux coquins escaladèrent un petit mur de jardin : une heure plus tard tout était consumé ; mais au milieu du désastre je vis le gentleman en question s'élancer du milieu des flammes, et emporter dans ses bras une jeune fille que les deux coquins lui avaient remise... Là est tout ce que je sais, là est toute la vérité.

— Là est le mensonge, s'écria une voix retentissante, j'étais à cet incendie, et j'y ai reconnu lord B... qui s'est bravement jeté au milieu du brasier et qui a failli périr victime de son dévouement.

— Tu en as menti, s'écria Biaggini à son tour craignant qu'une nouvelle déposition ne corroborât la première, tu en as menti, et le fils de lord B... était seul d'accord avec les deux incendiaires. Ce sont eux qui lui ont indiqué la rue et la maison silencieuse où la jeune fille est devenue victime de la brutalité du misérable.

— Cette rue, dit à son tour un grand gaillard couleur de feu depuis les cheveux jusqu'aux mains, quelle est-elle?

— Georges-Street, répliqua l'Italien sans balancer.

— Eh bien! c'est toi qui mens... cette rue c'est Alboron Street.

— Tu étais donc dans la confidence, puisque tu es si bien instruit?

— Peut-être caches-tu ta complicité par ta feinte ignorance? répondit l'homme ardent, d'un ton de voix accusateur.

— A toi ce pot de bierre.

— A toi cette cruche de porter.

Les deux projectiles se heurtent avec fracas... Une trombe liquide se précipite sur les spectateurs qui se dressent, s'irritent, se menacent... La foudre a éclaté, les poitrines se gonflent, les yeux roulent une prunelle furieuse, les bras s'agitent comme de puissants leviers, un langage infernal parcourt la vaste enceinte, et à ce premier élan d'une impatience longtemps comprimée succède un silence plus menaçant encore... Le *Caricatural Café* partagé en deux camps allait bientôt devenir un champ de bataille, où vainqueurs et vaincus auraient sans doute à déplorer de grandes pertes... Biaggini le premier fit tomber son poing redoutable sur un interlocuteur qui osait lui tenir tête. Le sol inondé reçut deux corps meurtris... C'en est fait, la bataille est engagée, la mêlée commence, pas un cri ne dénonce une colère, pas un soupir ne trahit une douleur. Les fronts se heurtent, les poitrines résonnent sous les rudes pressions, les machoires se disloquent, le sang coule par mille blessures... les tabourets, les bancs, les brocs volent et ouvrent les crânes. On tombe, on se relève pour frapper ; chacun a une revanche à prendre, chacun a une gloire à conquérir. Honte, trois fois honte à qui sortira sain et sauf de cette mêlée pareille au chaos ; malheur, trois fois malheur à qui ne montrera pas le lendemain les traces glorieuses de sa valeur et de sa rage.

Biaggini planait comme le génie du mal au milieu de l'ardente mêlée, il s'était élancé contre son violent adversaire, il l'avait saisi à la gorge et, plus occupé à le garder dans ses tenailles de fer qu'à se garantir des coups de poing qui le broyaient, il était tout en sang, et ses vêtements en lambeaux attestaient à la fois l'ardeur de l'attaque et celle de la défense.

Au bruit sourd et accentué qui venait du café dans la rue, un policeman se montre à la porte ; il a besoin d'appui, de sa main gauche il agite une crécelle sonore ; de sa droite il lève sa canne plombée, et il s'élance nouvel Ajax sur le champ de bataille.

Les nuages ont passé, l'orage porte au loin ses fureurs, les flots amoncelés se nivellent ; et comme un seul combattant résiste encore, la baguette le touche ; il se rend, il est prisonnier ; mais avec lui, le policeman entraîne le querelleur emprisonné dans ses doigts de fer.

On les conduisait tous deux à un bureau de paix. Quatre autres policemen contenaient la foule et vous eussiez cru voir des blocs de granit opposés aux lames d'une mer furieuse.

— Oh! pardon, dit Biaggini que vous avez sans doute reconnu dans l'un des captifs, pardon, policemen, je voudrais bien obtenir de vous la permission d'adresser quelques mots à ce gentleman qui passe là, au bras d'un de ses amis.

— Je n'ai pas le droit de m'y opposer, répondit le gardien de la sécurité publique.

— Je suis désolé d'arrêter votre seigneurie, dit Biaggini d'un ton familier au gentleman surpris, mais si elle voulait me donner l'adresse du banquier Rivarol, j'en serais très-reconnaissant.

Zambala et sir Edward ne reconnurent point tout d'abord Biaggini, tant il était défiguré; mais à la question qui fut adressée à l'un d'eux, ils ne purent s'y méprendre et Zambala répondit à tout hasard.

— Brie Street, n° 44.

— C'est pour une caution à fournir, poursuivit Biaggini, mais puisque j'ai le bonheur de rencontrer Mylord dans la rue, j'espère qu'il voudra bien m'éviter la peine d'envoyer un de mes valets chez le banquier Rivarol, et qu'il répondra pour moi; Mylord veut-il m'accompagner chez le magistrat ?

— Je vous y précède.

La caution fut donnée, Biaggini recouvra la liberté à l'instant même, et il promit à son adversaire d'aller le voir dans la prison où on le conduisait, lui qui n'avait nulle adresse de banquier à demander à personne.

— Qu'est-il donc arrivé au *Caricatural Café*, demanda l'Indien à Biaggini dès qu'ils furent seuls ?

— Presque rien ; une querelle, dont voici les traces : j'en tirerai parti, je vous en réponds:

le drôle qu'on vient de conduire en prison, me dira tout ce que vous tenez tant à connaître. Je sais où vous demeurez, vous recevrez bientôt de mes nouvelles : au revoir, mes seigneurs... A propos, dit-il en revenant sur ses pas, j'ai besoin de quelques guinées.

— Tiens, voici ma bourse.

— Je vous la rends, Mylord, et je ne garde que ce qu'elle contient... à bientôt...

CHAPITRE XXII.

NOUVEAU SECOURS.

La vertu vient parfois de la lassitude du crime.

CHARLES NODIER.

NOUVEAU SECOURS.

Georges avait reçu les confidences de sa sœur qui ne comprenait pas encore pourquoi la société, telle qu'elle s'est faite, ne permettait point au cœur les douces et saintes révélations dont le secret nous accable si souvent. Son âme, c'était sa pensée intime, une âme vierge des vices du monde, et sa logique à elle lui disait que tout ce qui est bas et méprisable devait seul être caché. Un amour chaste et saint comme la religion pouvait-il offenser Dieu, alors surtout qu'il avait un écho fidèle, et la jeune fille avait pu se tromper sur la nature des sentiments de Zambala. Sa passion était née dans la folie ; la tendresse de Zambala n'avait-elle pas d'excuses dans la raison, et, puisque tout le monde disait que Betsy était belle, pourquoi Zambala qui n'était beau peut-être que pour une seule femme, ne reconnaîtrait-il pas sa puissance ?

Hélas ! si le cœur est un despote implacable, ne devient-il pas aussi parfois le plus soumis, le plus humble des esclaves ? Mais Betsy se laissait aller à la vie avec l'abandon de la fumée dont se joue le vent, avec la confiance de celui qui ne croit plus un malheur possible, quand un malheur passé a été vaincu. Un instant venait de la désabuser ; la parole de son frère avait achevé l'œuvre : l'infortunée Betsy s'interrogeait pour se convaincre que la raison était un des plus funestes bénéfices de l'espèce humaine. Betsy ne savait pas que plus on résiste à une passion, plus elle nous maîtrise, et c'est pour cela qu'elle se tordait en vain sous les étreintes de celle qu'elle éprouvait pour Zambala. Où sera le remède à ses tortures imméritées? Qui ouvrira une voie moins orageuse à son avenir, dont elle n'ose sonder la profondeur?... La foudre peut raviver comme la pile de Volta ; mais le Ciel ne fait point de miracle en faveur de Betsy, et la pauvre jeune fille amoureuse ne voit pour elle de repos que dans la tombe... Comme le ruisseau docile à la pente du sol, comme le duvet jouet de la brise, comme la voile s'ouvrant au souffle qui la caresse, Betsy acceptait avec une résignation aveugle la condition que le Ciel lui avait faite, et depuis son imprudente confidence à Zambala, elle s'était résolue, sinon à combattre, du moins à déguiser ses sentiments. La naïve jeune fille espérait peut-être les vaincre par sa soumission ; elle cherchait à se persuader que le temps cicatrisait toutes les plaies, et son instinct bien plus que sa raison, venait de lui apprendre que l'âme et le cœur ont des mystères qu'il faut toujours garder en soi.

Mais, voyez comme l'espérance est au fond de toute désillusion : nous qui connaissons les plus intimes pensées de Betsy, nous vous dirons que dans la résolution subite qu'elle venait de prendre, elle trouvait une consolation à sa misère... Qu'importe la distance et la fatigue quand le bonheur est au bout du chémin ? Betsy avait recueilli dans sa tête cette pensée amie, et dès lors elle se prit à songer que puisque son amour n'avait pu faire naître un autre amour, sa feinte indifférence opèrerait peut-être le prodige : souffrir est une colère du Ciel, avoir souffert est un de ses bienfaits.

Quant à Georges, c'était la barque sans gouvernail emportée par le courant. Sa douleur faisait sa vie, et le courageux pilote que Dieu lui avait donné n'était ni assez fort ni assez puissant pour maîtriser la tempête au sein de laquelle il tourbillonnait. Les tortures de sa sœur ajoutées à celles qui le dévoraient, le souvenir toujours brûlant de ses beaux jours éteints, et la certitude des malheurs qui l'attendaient encore, faisaient de lui un véritable martyr sans montrer une palme à son dévouement; le blasphème était dans son cœur, s'il n'avait pas encore dégradé ses lèvres.

Ainsi donc, des larmes, de lentes agonies, le doute aussi poignant qu'une déception, la bassesse de la vengeance et le vice étalant à l'air les splendeurs de son avilissement, tels sont les tableaux que nous avons eu mission de dérouler jusqu'ici; espérons que de plus riantes images nous seront aussi permises, et que Zambala ce génie de la terreur, nous prêtant son appui, nous verrons plus tard les cœurs les plus corrompus se régénérer au bien et les fronts purs ressaisir leur éclat et leur limpidité.

Sir Edward toujours pensif et taciturne, et l'Indien toujours pensif et loquace s'étaient rencontrés; ils se dirigeaient tous deux vers la demeure de Georges. L'entrevue de la veille les avait beaucoup occupés la nuit, et ils achevaient la confidence de leurs conjectures quand ils frappèrent à la porte du policeman... Georges et Betsy les reçurent avec le sourire sur les lèvres, et vous savez qu'il y a souvent de l'amertume dans une joie, comme il y a de la joie dans une douleur.

— A la bonne heure, s'écria Zambala, qui dédaigna cette fois de fouiller dans l'âme des deux amis ; voilà le soleil radieux qui se lève sur vos têtes ; qui veut un ciel d'azur ne dort pas avec le nuage qui l'assombrit, et le bonheur va trop vite pour que nous n'agitions pas nos ailes de feu afin de l'atteindre. Des amis heureux ! mais c'est là un bienfait dont je remercie mon Dieu, et je croirai au vôtre si le désespoir s'arrête désormais sur le seuil de votre porte.

— Tu as donc aussi quelque consolation à nous apporter, dit Georges en prenant affectueusement la main de Zambala?

— Toujours des indices.

— C'est peu.

— C'est immense : on ne tourne pas du moins le dos au but, on va droit à lui.

— Mais ce but quel est-il?

— Demande-le à ton Dieu, je le demande au mien... vous voilà réunis pour des confidences, je vous quitte ; vous avez tous trois besoin de calme, moi d'agitation; à chacun son élément. Vous Betsy, je vous laisse sous la double protection d'un frère et d'un ami, dont le ciel avare n'enrichit guère cette terre d'égoïsme : acceptez avec amour ces deux consolations de toute infortune, et gardez-moi aussi un peu de cette douce amitié, pâle reflet de la mienne pour vous et pour eux.... au revoir.

Zambala ne s'était point trompé dans ses conjectures ; il n'avait quitté ses amis que pour aller au-devant de Biaggini rodant sans doute dans les environs ; aussi le vit-il bientôt sur le trottoir, épiant d'un œil attentif les croisées entr'ouvertes de Georges.

Mais comment l'accoster ? l'Italien se pavanait gracieusement au bras d'une mistriss rebondie, abritée sous un beau chapeau sur lequel se balançait noblement à l'air un énorme bouquet de plumes noires, bleues, blanches et rouges. Un rapide regard de Biaggini dit à Zambala qu'il pouvait oser, et celui-ci doubla le pas pour répondre à cet appel qui semblait lui présager quelques bonnes nouvelles.

— A vous, Mylord, dit respectueusement l'Italien en ôtant son chapeau tout bosselé; je savais bien que votre seigneurie se promènerait ce matin dans Pall-Mall, et je n'étais pas homme à manquer à ce facile rendez-vous.

— Tu as donc quelque sérieuse confidence

à me faire ? dit l'Indien après avoir salué de la main la compagne de Biaggini.

— Toutes mes actions sont sérieuses, Mylord, et il y a plus de gravité dans mes folies que dans la sagesse du quaker le plus réfléchi des trois royaumes et des deux Amériques ; je joue avec tout, je jouerai un jour avec la corde qui me coupera la parole, et mon jeu à moi est une ardente lutte contre tout obstacle qui veut me forcer à baisser pavillon. Tout d'une pièce pour le bien comme pour le mal, je ne me courbe devant aucune difficulté ; je l'affronte debout, face à face, au risque de me heurter le front que vous voyez aujourd'hui assez passablement déchiré. Je prends mes adversaires corps à corps, et je suis de ceux qui sollicitent, le poignard ou le pistolet à la main. Je ne blâme pas ceux qui me refusent, je les plains, car j'ai de la mémoire. Gènes, m'a-t-on dit, est ma patrie ; on a menti : ma patrie, c'est la montagne avec ses aspérités, le fleuve avec ses cataractes, l'océan avec ses colères, l'espace avec ses ouragans ; ma patrie, c'est le monde qui tourbillonne sur son axe ; c'est partout où il y a mouvement, combat et douleur.

— Il paraît, dit Zambala en jetant un regard presque méprisant sur la compagne de Biaggini, que mistriss est dans la confidence de tous tes actes, puisque tu étales si pompeusement devant elle les secrets d'une vie que tu devrais pourtant murer davantage.

— Mistriss, répondit le Génois, ne me connaît que depuis trois jours : vous voyez qu'elle doit me savoir par cœur. Le mensonge est presque toujours une preuve de lâcheté ; je suis homme de cœur, donc je pense tout haut avec mes amis comme avec mes ennemis.

— A la bonne heure, une pareille doctrine à ceux qui n'ont aucune coupable action à voiler, dit Zambala blessé de se trouver en pareille compagnie.

— Où sont-ils ceux-là ? répliqua vivement

l'Italien... Et puis, Mylord, il n'y a pas de méchantes actions qui ne rapportent un honnête bénéfice, et vous savez ce que j'entends par le mot honnête.... Pour moi, si je payais quelque galant homme ou quelque vaurien, je ne le mépriserais qu'à demi, de peur qu'il ne voulut plus me servir.... Mais le temps est à l'orage, Mylord, nous serions peu abrités sous les allées découronnées de Saint-James-Park; disons nous nos petits secrets à l'instant même et poursuivons notre œuvre de châtiment : je commence :

Ce matin, je me suis rendu dans la prison que j'ai ouverte à mon antagoniste du *Caricatural Café*. Nous nous sommes serré la main, lui avec plus de bonheur que moi, puisque j'ai glissé dans la sienne trois souverains pesant leur valeur. La paix conclue, il m'a dit avoir assisté à l'incendie de la maison d'où miss Betsy a été arrachée, mais lorsque je lui ai demandé s'il le jurerait sur les livres saints, il m'a répondu qu'il ne le ferait pas, car nous n'en tirerions aucun avantage, attendu que le fils de lord B.... instigateur du crime aurait quatre témoins et dix, s'il le fallait, prêts à nous donner un énergique démenti.

— Nous en aurons vingt, trente, dit Zambala d'un ton irrité.

— Mylord, Mylord, corrompons le moins de monde possible : l'enfer n'est que trop peuplé ; d'ailleurs, vous êtes étranger, je le suis comme votre seigneurie ; la lutte nous deviendrait fatale.... Oui le fils de lord B.... a mis le feu à la maison et la folie dans la tête de miss Betsy : il a donc allumé deux incendies, il faut deux châtiments ; le premier a eu lieu, le second ne se fera pas attendre. Je n'ai dit à mistriss à qui je serre le bras, que ce dont elle avait besoin pour nous seconder, et j'ai appris de sa bienveillance que c'est chez elle que miss Betsy avait été conduite après l'enlèvement.... Calmez-vous, Mylord, j'achève...

Ce qu'a fait mistriss Edwidge pour préserver votre jeune amie de la contagion du vice, lui ouvrira, j'espère, les portes du ciel; il est telle vertu qui rachète mille crimes.

— C'est beaucoup, Biaggini.

— La clémence de Dieu est infinie, Mylord, et le ciel est sans limites.

— Invoque-le pour les corrupteurs, poursuivit Zambala le poing fermé, la menace à la bouche.

— Et pour les corrompus..... ajouta Biaggini sans la moindre rougeur au front; cette femme, voyez-vous, Mylord, je la révère : celle qu'un monde élégant et parfumé a entourée d'égards n'a fait que son devoir, en veillant avec sollicitude sur un jeune cœur confié à sa vigilance; mais garder ange, l'ange livrée à des démons! oh! c'est là une action trois fois sainte, et voilà pourquoi je me glorifie maintenant de me promener avec cette femme.

Enfin, vous savez ce que j'ai appris d'elle

sur le fils de lord B... et sur sa victime, tous vos projets sont justifiés, et je me livre à vous bras, tête et cœur..... Bien des amis des scélérats vont visiter mistriss Edwidge, je saurai par eux où se cache l'infâme, vous le saurez par moi, et alors...

Les réticences de pareilles misérables sont des anathèmes ; croyez qu'il y a du sang dans la phrase inachevée des hommes aussi dépravés que Biaggini ; et si vous avez quelque chose à craindre d'eux, redoutez bien plus leur silence que leurs cris... ce n'est point le bruit de la cataracte qui tue, c'est le remou qui se tord dans l'abîme ; ce n'est pas le rugissement du lion qui déchire, c'est sa griffe qui ouvre les chairs, c'est sa dent qui les met en lambeaux.

— Ainsi donc, tu me promets l'ennemi du malheureux Georges, dit Zambala.

— Je vous le promets, Mylord.

— Mais, puisque tu es si ingénieux pour perdre, ne le seras-tu pas aussi pour sauver?

Tu sais que si mon ami à des larmes pour la vengeance, il a également un cœur pour d'autres infortunes. Eh bien! donc, Biaggini, invoque un Dieu ennemi du tien qui tende une main secourable à ce brave et digne policeman dont la tombe est déjà entr'ouverte; rends-lui une femme, belle, adorée.

— Je la lui rendrai.

— Une mère, une sœur dont l'absence le tue.

— Il les aura.

— Elles meurent peut-être dans les angoisses de la faim.

— Je les déterrerai, moi, s'écria mistriss Edwidge d'une voix prophétique; je les déterrerai, Mylord, car je suis lasse de jouer avec l'opulence corruptrice; vous avez nommé Georges le policeman, un homme révéré jadis de tout Londres... Il n'est pas mort, il souffre; il ne faut pas qu'il souffre davantage, ce n'est point par les riches que je saurai ce que sont devenus les pauvres; mais je fouillerai si profondément dans toutes les misères, que s'il y a parmi elles une douleur à Georges le policeman, je l'adoucirai, à moins que Satan ne soit plus puissant que Dieu; c'est que vous ne savez pas que Georges le bien aimé ne se contentait pas seulement de veiller sur la tranquillité de la ville et les trésors des magasins; il s'emparait aussi, la nuit, des toutes jeunes filles que la détresse des parents ou l'amour de la débauche jetait dans la rue, et il les exhortait paternellement à une vie meilleure; vous ignorez qu'il laissait chrétiennement tomber de sa main pieuse, dans une main prostituée l'aumône purifiante....

Georges le policeman vit et souffre, il faut qu'il vive, mais qu'il ne souffre plus.... j'ai chez moi des âmes accessibles à toutes les impressions, elles m'aideront, Mylord; comptez sur leur zèle et leur dévouement. Sera-ce donc la première fois que la clarté naîtra des ténèbres, que le bonheur naîtra du crime? Non,

non, Mylord; et puisque j'ai des fautes à expier, je ne veux pas laisser échapper l'occasion qui m'est offerte... merci, Mylord, merci, Biaggini; voici la pluie qui tombe du ciel, je la bénis, car je vais me mettre plutôt à l'œuvre.

— Et moi aussi, Mylord; mais pour mes nouveaux projets, il me faut l'adresse du banquier Biard.

— Tiens, voici celle du mien, cela vaut mieux : un check de deux cents livres suffit-il ?

— Un check du double suffirait à peine.

— Tiens, en voici un de cinq cents.

— Vous faites noblement les choses, Mylord, au revoir.

— L'adresse de mistriss Edwidge, demanda l'Indien ?

— Inutile, Mylord, Dieu ne visite l'enfer que du regard.

CHAPITRE XXIII.

COMME ON SE PREND, COMME ON SE QUITTE.

Le mépris tue l'amour.

HELVÉTIUS.

COMME ON SE PREND, COMME ON SE QUITTE.

—

Avec l'amour qui le consumait pour une femme dont il ne voyait nulle part aucune trace, le policeman nourrissait dans son âme des idées de vengeance qui rendaient ses douleurs plus poignantes encore; mais sa sœur, douce colombe qui ne comprenait même pas la haine pour les méchants, la naïve Betsy dont chaque jour ajoutait une grâce à son sourire, une séduction à sa parole, avançait dans la vie comme si le cœur y était jeté pour souffrir.

Les souvenirs de ses premiers jours de joie enfantine s'étaient effacés dans les rudes émotions du crime dont elle avait été l'objet et qu'elle ignorait encore; elle avait beau s'interroger dans le silence des nuits, son cœur et sa tête se démentaient sans cesse, et tout était obscurité profonde pour une intelligence qu'on ne devait pas éclairer. Une seule chose demeurait positive pour Betsy, et cette chose était une douleur égale à un châtiment, son amour pour Zambala se ravivait plus puissant dès qu'elle cherchait à l'étouffer; et, chose étrange, elle en souffrait moins quand l'Indien était auprès d'elle, quand son froid langage devait l'abriter contre une passion fatale.

De son côté, sir Edward toujours timide et tremblant comme l'incertitude, se consolait de ses souffrances, parce qu'il voyait qu'elles le conduiraient bientôt à la tombe, et cependant il pensait que le Ciel aurait pitié de lui, dès que Betsy lui parlait avec une amitié plus douce, dès qu'elle le regardait avec des yeux moins indifférents.

Il aurait dressé des autels, il aurait fait Dieu tout autre que Zambala qui serait venu lui dire — espère ; mais le farouche indien dont chaque caresse ressemblait à une menace, chaque regard à un éclair, lui lançait au cœur une consolation terrifiante qui le rongeait petit à petit, et ne lui ouvrait aucune voie d'espérance.

Lorsque Zambala tout préoccupé des dernières paroles de Biaggini entra chez Georges, il trouva ses trois amis assis autour d'une table. Nulle inquiétude sur le front d'Edward, nulle plus froide pâleur sur celui de Betsy, nulle plus vive tristesse sur celui de Georges.

— Cela est bien, dit-il, cela est consolateur, que cet accord parfait dans une famille.

— Dans deux familles, répliqua tristement Edward.

— Dans une seule, poursuivit Zambala en prenant place auprès de lui. L'ami est autant que le frère ; les nobles et les doux sentiments sont de la même famille, et j'irais à l'instant même chercher querelle à qui oserait soutenir que vous pouvez, vous, vous et vous, être mieux aimé que par moi. N'est-ce pas, miss Betsy, que vous avez pour nous trois une affection égale ?

Betsy garda le silence, mais sans baisser les yeux.

— Allons, allons, il y a progrès, dit Zambala, hier encore ma question vous eût fait monter le rouge au visage, aujourd'hui le voici pur comme une pensée céleste, pur comme l'azur de mon pays sous une nuit étoilée. N'est-ce pas, miss Betsy que vous comprenez déjà le bonheur ?

— Oui, Zambala, dit la jeune fille de sa voix

de colombe, le bonheur est possible encore pour moi, si les trois amis qui m'entourent m'aiment et me protégent toujours.

—Quant à moi, dit Edward, je ne comprends pas le bonheur là où il n'existe pas. Ce qui donne la vie à la fleur, c'est la rosée, ce qui donne la vie à un cœur, c'est un regard de femme.

Betsy ne baissa pas les yeux qu'elle avait levés sur Edward. Georges sourit, l'amoureux et Zambala se serrèrent la main.

— Oui, poursuivit Edward enhardi pour la première fois, je refuserais une ivresse dont on m'indiquerait le terme en deça de la tombe; dès qu'une fois l'âme s'est donnée, c'est pour la vie, c'est pour l'éternité; dès qu'une fois on s'est dressé un autel, il y a sacrilége à le renverser, et l'apostat en amour est aussi impie que l'apostat en religion. Si l'objet sacré de mon culte, si le Dieu de mes pensées laissait tomber sur moi un regard d'espérance, je m'inclinerais, je ne lui parlerais plus qu'à genoux, et je serais si heureux de ma joie qu'il faudrait que le Ciel s'ouvrît pour deux élus. Oh! de près, de loin, pouvoir se dire : un être vit en moi, il m'aime, il me berce dans ses rêves, il m'abrite dans ses pensées, il me donne toutes ses ivresses, il s'empare de toutes mes amertumes, n'est-ce pas là cette béatitude des hommes bénis de Dieu, n'est-ce pas là cette éternité de délices promise à ceux qui aiment, interdite à ceux qui haïssent?

— Vous êtes un noble cœur, dit Betsy avec un doux sourire qui brûla sir Edward, et vous méritez bien le bonheur que vous donnerez à une autre. Dieu n'est pas sourd à de si ferventes prières, et nous serons là, nous, vos amis les plus dévoués, pour fortifier le cœur que vous aurez choisi dans cette tendresse dont vous comprenez si bien les magiques bienfaits.

Toujours ténèbres et clarté pour Edward, toujours la joie ou la douleur ouvertes à ses espérances ou à ses désillusions. Il poussa un profond soupir qui ne trouva qu'un faible écho dans le cœur de Betsy : il jeta son triste regard sur le visage assombri de Zambala, et il sembla lui dire. — Avez-vous encore foi en la parole que vous m'avez donnée ?

Georges et l'Indien ne répondirent que par le silence, et Betsy devint soucieuse à son tour, car Zambala venait aussi de prononcer son arrêt.

La femme ne pardonne guère qu'après avoir châtié : la colère d'abord, puis la clémence ; Betsy comptait peut-être que les souffrances d'Edward devaient la trouver moins rigide ; elle espéra d'ailleurs que par une juste compensation du Ciel, ce qu'elle promettrait de consolation à Edward lui serait rendu par Zambala, et elle se résigna sans autre combat à la générosité.

— Seriez-vous donc fâché, sir Edward, dit-elle avec une douceur angélique, de me voir moi, pauvre jeune fille, sans puissance pour votre bonheur?

— Que dites-vous, Betsy? s'écria Edward hors de lui-même.

— Je dis que je ne veux point être étrangère au destin que le Ciel vous réserve; je dis que sans votre amitié pour moi, mon bonheur ici-bas ne serait point complet; je dis encore que je vous cherche et que je vous désire quand vous êtes loin de moi.

La parole s'adressait à Edward, le regard à Zambala; sir Edward entendit, il ne vit pas, et toute sa vie de tourments s'effaça dans ce moment d'ivresse.

Zambala le plaignit de son bonheur, Betsy reçut d'Edward un encens immérité.

Zambala planait là dessus, de toute la puissance de sa volonté, mais peut-être avait-il lui-même à lutter contre un sentiment nouveau qu'il n'osait approfondir encore et qui donnait plus d'irritation à son caractère déjà si positif dans ses résolutions.

Il ne comprenait l'amitié qu'avec tous ses dévouements, il en voulait les amertumes avant les bénéfices, et il se disait que si jamais Betsy lui inspirait de l'amour, il aurait assez de force pour le vaincre ou pour le cacher. Hélas ! cette pensée n'était-elle pas une défaite? Zambala aimait la sœur de Georges, il se sentait maîtrisé par elle, et chaque fois qu'il disait à Edward qu'un jour Betsy serait sa femme, son sang à lui l'étouffait et il était prêt à maudire son ami.

Zambala aurait donné son nom, sa fortune, son pouvoir, pour ne point être sous le charme de cette passion fatale qu'il regardait comme une faiblesse, presque comme une lâcheté ; mais elle le dominait sans le soumettre, et c'est pour cela qu'il souffrait mille fois plus que ceux auxquels il prodiguait ses consolations. C'est que l'amour est le plus implacable des usurpateurs et que le Tartare aussi bien que l'Européen est son esclave dès qu'il a voulu s'imposer.

Il fallait donc au farouche Indien de nouvelles émotions, de nouveaux tourments, pour qu'il pût tenir à la fois ce qu'il avait juré à Georges, ce qu'il avait promis à Edward, ce qu'il s'était promis à lui-même. Quand les événements se succèdent, les commotions deviennent fugitives comme eux, et laissent peu de blessures à l'âme ; aussi Zambala se promit-il dès ce moment de se livrer à Biaggini dont l'esprit d'intrigue et le besoin de mouvement lui promettaient de puissants renforts ; l'ardent besoin de savoir du rusé Italien ne lui laissait rien ignorer ; comme jadis il avait fouillé dans les poches, il fouillait dans les consciences. Riche d'or, il voulait être riche de secrets, et s'estimait le plus heureux des hommes de se voir associé à des projets dont le succès lui promettait l'oubli du passé. Ce n'est pas que sa conscience fut sérieusement tourmentée de ses premières erreurs ; il les regardait comme des peccadilles. Quelques jours de misère en effaçaient à ses yeux la gravité ; il s'en croyait absous par les jeûnes forcés qu'il avait subis, et il se sentait relevé de ses torts par la haute protection sous laquelle il se courbait avec orgueil.

Le valet se reflète du maître ; Biaggini le savait, lui qui dès son enfance s'était adonné à l'analyse de toutes les passions ; aussi, en attendant le grand jour de la catastrophe, qui d'après toutes prévisions devait arriver tôt ou tard, il se résolut à faire le Mylord, à se travestir en noble protecteur et à se parer d'une brillante défaite, d'une honte pleine d'éclat. Son nom était plebéien, il en convenait lui-même, il aurait voulu le troquer contre un blason ; mais les nobles à Londres se connaissent ; il accepta donc les lois impérieuses de la nécessité, et après mûre réflexion, il comprit tout le bénéfice à retirer de sa position subordonnée.

Prodigue de largesses, insolent dans le vice, il pouvait avec une entière sécurité se dire prince voyageant incognito, ou espion de haut étage. Il balança tout d'abord entre ces deux titres également honorifiques à ses yeux, et il se décida enfin pour ce dernier comme plus élastique, comme plus proportionné à son mérite.

Certes Biaggini était trop discret pour avouer jamais son patron, empereur ou roi, et comme le mystère est la plus sûre des protections, il se voyait sous le manteau dont il se drapait, à l'abri de toute accusation de fourberie. La fourberie en effet était et devait être son élément; il eut manqué à sa mission en se montrant probe et franc, et il n'acceptait d'ailleurs en bon et loyal fripon, que la moitié des hommages qui lui seraient réservés ; l'autre moitié, il la restituait à Zambala que tout le monde connaissait et dont tout le monde ignorait l'origine.

Biaggini cependant était combattu par une délicatesse que vous ne comprenez pas, vous, gens à rigides principes; il ne savait pas encore s'il se déclarerait le protecteur ou le protégé de Zambala, il voulait au moins que l'on pût douter, alors que les deux mains se rencontraient, laquelle laissait de l'or dans l'autre; mais, comme tout devait être astuce dans sa conduite, il ne craignit rien pour sa dignité en s'effaçant au profit de Zambala. Cet acte d'humilité le relevait aux yeux du vulgaire, et plus il devenait abject, plus on devait lui prêter de distinction.

Vous l'avez vu suivre furtivement les pas mystérieux de miss Charlotte errante dans les ténèbres après son rendez-vous clandestin; le voici maintenant, assis à ses côtés dans un somptueux équipage, et visitant avec elle les beaux magasins de Londres. Est-ce la brillante fortune de Biaggini qui avait séduit la belle fille aux formes antiques? non; si elle avait voulu de l'or, il y a longtemps qu'elle eût pu acheter un château sur la route de Brigton ou dans le pays de Galles. Mais miss Charlotte était d'une autre nature. Le passé, le présent n'existaient plus chez elle que pour être sacrifiés à l'avenir; il lui fallait toujours et toujours des émotions nouvelles, des visages nouveaux, un nouvel horizon. Tout ce qu'elle avait touché une fois, lui paraissait flétri ; tout ce qu'elle avait une fois possédé lui semblait sans valeur. Un triomphe était son ivresse, sa gloire. Mais dès que la couronne d'or ou la couronne de rose avait effleuré son front provocateur, elle la trouvait terne et fanée, et elle la foulait dédaigneusement aux pieds.

Depuis deux jours seulement Charlotte étalait aux regards de la foule son faste et son ami. Ces deux journées lui paraissaient deux siècles, son luxe une lâcheté, sa voiture une prison ; elle résolut de s'en affranchir. Biaggini, se reconnaissant vaincu, prit les devants pour colorer sa défaite, et comme son cœur ne jouait aucun rôle dans le drame comique de sa vie, il abdiqua sans regrets, il descendit du trône sans honte ni remords.

Les deux nouveaux fiancés du vice venaient de rentrer d'une promenade à Saint-James-Park, et s'étaient assis en face l'un de l'autre sur un sopha.

— Ceci est bien singulier, dit Biaggini avec un satanique sourire sur les lèvres, mais il me semble que je ne vous aime plus.

— Une chose est plus singulière encore, répondit mistriss Charlotte en déchirant une superbe pélerine de dentelles, c'est que j'aie pu vous aimer pendant deux jours.

— Ainsi donc, ennemis irréconciliables?

— Pourquoi donc? haïr est une douleur, et je les fuis toutes.

— A la bonne heure, vivons amis.

— Voici ma main.

— Voici la mienne; et pour cimenter la

réconciliation, joignez vos efforts aux miens en faveur d'un homme qui souffre de son impuissance à punir un outrage. Il y a là un cœur à calmer, une âme rigide à humaniser; il y a là aussi des larmes à tarir, et ce n'est pas trop de nos deux forces unies pour atteindre un si noble but.

— D'abord l'âme à humaniser, dit Charlotte en se penchant vers Biaggini comme pour mieux entendre.

— Je vous la livrerai.

— Jeune, beau?

— Étrange, fantasque, trente-quatre ans au plus, homme d'outre-tombe.

— Cela ne ressemble à rien, tant mieux... Et l'autre, le larmoyant?

— Jeune, magnifique, portant une douleur dans chacun de ses regards, doux et dévoué comme la charité, n'ayant connu de la vie que ce qui la fait maudire, et appelant le cercueil comme la seule consolation qui lui soit promise.

— C'est un homme à guérir.

— Miss Charlotte, l'étincelle jaillit du choc; votre idée m'en donne une que je veux mettre à exécution. Si tant de dévouements réunis n'obtiennent pas un heureux résultat, c'est que les démons se seront ligués contre nous.

— Prie-les : un frère a tant d'empire sur un frère!

— Ma sœur, je compte sur toi.

—Biaggini, qui suis-je désormais pour vous, votre protectrice ou votre protégée?

— Ce que vous voudrez : une baronne allemande, une duchesse espagnole, une marquise italienne, une boyarde russe : choisissez.

— Le rôle de duchesse me convient mieux.

— Oui, mais miss Charlotte est blonde.

— Eh bien! une blonde espagnole a bien plus de prix qu'une blonde anglaise. Les exceptions plaisent aux hommes autant qu'aux femmes, et décidément je suis née à Cadix, je me crée Andalouse.

— Mais l'accent?

— La coquetterie est citoyenne de l'univers ; elle se dresse dominatrice, comme la royauté ; ce qu'on aime en elle, c'est le chatoiement, c'est la bigarrure, c'est le contraste, c'est l'étrangeté. Pour qu'elle trône, il faut que son sceptre soit aujourd'hui une main de fer, demain une main de velours ; si son œil vous appelle, sa voix doit vous repousser ; si elle vous jette au front, le soir, une couronne de fleurs, le matin la couronne doit être d'épines : quand elle fuit, ne vous hâtez pas trop, elle ne court que pour se laisser atteindre ; vous devez ignorer si le *mon* dont elle vous abreuve est une récompense ou un châtiment, et lorsqu'elle succombe, elle vous laisse croire à un triomphe.

La coquetterie, c'est le mensonge de l'âme ; Biaggini, à qui dois-je mentir demain?

— Puisque vous m'avez dit que c'était à l'âge mûr, à l'étrangeté, il m'est permis de croire que vous voulez parler du noble, du ravissant amoureux...

— Non, non, j'ai abdiqué mon pouvoir auprès de vous ; j'ai dit vrai, mais vous ajoutez que le jeune homme est amoureux, il y a charité chrétienne à le guérir ; vous me le présenterez.

— Un feu en éteint-il un autre ?

— Biaggini, vous cherchez de la logique dans les amusements ; vous perdez de mon estime.

— Miss Charlotte, vous venez de gagner dans la mienne : je vous livre demain un nouvel esclave.

CHAPITRE XXIV.

LA NUIT.

L'étoile était un météore.
ALEXANDRE DUMAS.

LA NUIT.

—

Si nous l'avons dit, nous le répétons : il est certain que les amitiés entre coquins ont au moins autant de durée que celles nées dans les cœurs honnêtes et généreux.

Biaggini et Charlotte venaient de se promettre aide et protection; nous devons nous attendre à les trouver souvent à côté l'un de l'autre, prêts à se secourir dans le péril, à moins pourtant qu'une circonstance imprévue plus forte que leur volonté, ne les fasse un jour ennemis irréconciliables : car, il est des natures tellement corrompues qu'elles échappent à toute règle. Charlotte se jouait du vice, Biaggini se jouait du crime ; pour la première, il y avait encore des heures de méditation et peut-être de regret ; pour l'autre, les événements sinistres ne se pressaient pas assez vite, et il s'absolvait d'avance de ses peccadilles, par l'impatience douloureuse avec laquelle il les préparait.

Cependant, la honteuse tâche que venait de s'imposer le misérable Italien n'était pas facile à remplir : Zambala se tenait cramponné à son dévouement, Georges ne voulait vivre que dans sa douleur, et sir Edward, auquel Biaggini n'avait songé que plus tard, se réfugiait pour toutes ses émotions dans l'amour qui le consumait. De pareils obstacles n'épouvantaient guère l'esprit inventif du coquin dont nous suivons la vie; et pourtant, il s'y arrêtait comme devant une formidable barrière, afin sans doute de mieux se glorifier dans la suite de son triomphe.

Il revit Charlotte ; il lui fit part de ses irrésolutions ; il lui parla même de l'amoureux de Betsy, et l'intrépide aventurière trancha les difficultés en les acceptant toutes.

— Je suis lasse, dit-elle, de ces passions d'épiderme qui ne laissent rien au cœur ; un saint amour serait capable de purifier mon âme ; je veux en essayer : Biaggini, tu as besoin de te réconcilier avec Dieu ; opère le prodige que je te demande, et tes souillures te seront pardonnées.... La vertu qui s'étale en plein jour est moins douce peut-être que le vice abrité sous les ténèbres ; la première est dangereuse comme un mauvais exemple, le mystère de l'autre peut obtenir son pardon.... Oh ! je sais bien que la morale que je te prêche, n'est point évangélique, mais les livres pieux ne disent-ils pas que Madelaine a été béatifiée par le repentir? qui sait, Biaggini, le repentir est peut-être à ma porte, et me voilà prête à la lui ouvrir. Ce serait chose vraiment curieuse qu'une conversion sainte opérée par toi, qui n'as jusqu'à ce jour converti qu'au vice! Essaies-en, Biaggini, fais de moi un morceau d'ambre qui répand son parfum sur tout ce qui l'entoure, et au lieu d'une pénitence, il y en aura deux. Tu le vois, c'est autant pour toi que pour moi que je prie; sauve-moi, sauve-toi; le ciel est loin, mais la prière a des ailes de feu, et elle arrive toujours au trône de l'Éternel.

Biaggini doutait encore longtemps après qu'elle eut cessé de parler si miss Charlotte était sérieuse dans son langage, ou si elle se faisait un jeu de la morale et de la religion.

Les joues de la belle Anglaise étaient vivement colorées, ses cheveux en désordre, son sein palpitant, ses lèvres frémissantes, et son organe toujours limpide et coquet, avait acquis une sonorité majestueuse. On eût dit un ange chassé du séjour des élus, essayant de reconquérir sa première place, et peu s'en fallut que l'Italien ne s'inclinât sous la puissance du sermon qu'il venait d'entendre.

— N'est-ce pas que je suis folle? poursuivit en riant la jeune évaporée heureuse de son triomphe, vouloir les cailloux et les ronces, quand la route est émaillée de fleurs, c'est là une de ces extravagances qu'on ne rêve qu'alors que les années ont ridé notre front et blanchi nos cheveux. Les miens sont beaux, soyeux et noirs; j'ai vingt ans à peine; va me chercher une victime; Biaggini, j'ai hâte de m'arracher à l'avenir qui me menace, sans m'effrayer.

— Votre grâce rêve quelquefois, répondit l'Italien! le combat à engager n'est pas de ceux dont on sort vainqueur, en se jouant; et j'ai besoin de préparer mes armes pour l'attaque...

C'est votre réputation que j'ai à défendre; et comme votre défaite serait la mienne, je dois en appeler à la prudence qui seule donne la victoire.

— Biaggini, temporiser c'est être à demi vaincu.

— Avancer en étourdi, c'est l'être tout à fait.

— J'aime mieux une prompte défaite qu'une lente victoire.

— Eh bien! soit; avançons et forçons les événements : votre front rayonne d'avenir.

— Et mon âme de bonheur.

Cette femme merveilleusement belle, et dont le langage, tantôt élevé, tantôt empreint d'une profonde bassesse décelait une nature corrompue et privilégiée à la fois, avait pour principe que la vie intime devait être murée. On eût dit qu'un noble sentiment de pudeur l'enchaînait, même dans ses désordres, ou qu'une éducation première, dont elle n'avait pu se déshériter, cherchait à reprendre son empire. Un seul jour, elle osa se montrer sans voile aux regards de l'homme dont elle convoitait non le cœur mais la fortune, et c'est ce jour qu'elle s'était vue suivie par Biaggini jusqu'à son domicile. Avant ce honteux rendez-vous, elle n'avait accepté l'avilissement que dans les ténèbres, car elle voulait garder le droit de revenir à la vertu, sans que personne au monde pût lui reprocher plus tard son immorale conduite.

Biaggini cependant l'avait assez dominée, pour qu'avec lui seulement elle eût osé jeter le voile; mais lui et la femme perverse chez laquelle ils s'étaient parlé pour la première fois avaient promis le secret, et dans une meilleure compagnie que celle qu'elle s'était donnée, miss Charlotte aurait pu passer pour une de ces intelligences élevées, qui s'affranchissent de certains priviléges hostiles à leur indépendance, mais qui savent s'arrêter cependant au bord du précipice dans lequel le plus léger souffle peut les précipiter.

Ni à Biaggini, son plus intime confident, ni à la femme discrète dépositaire de sa vie évaporée, elle n'avait voulu dire son origine; ses efforts pour emprunter parfois un langage abject avaient quelque chose qui blessait en même temps l'esprit et le cœur. Ses pareilles tendent presque toutes à s'élever dans le passé qui les a flétries, et à se montrer les malheureuses victimes d'une lâche séduction; elle, au contraire, cherchait à se faire une honte de sa première jeunesse et ne voulait point paraître un ange déchu.

Un sentiment de pitié protége la femme que la séduction a trouvée sans défense, mais miss Charlotte avait trop de fierté dans l'âme pour vouloir qu'on la plaignît; et alors seulement, elle eût osé étaler aux rayons du soleil le cynisme de sa conduite cachée. Que la philosophie explique ces contrastes ; le devoir de l'historien est de les signaler.

Biaggini se rendit effrontément à la demeure de Georges, comme si on l'eût chargé d'une mission honorable ; il allait frapper à la porte, lorsque Zambala le prévint.

— Je vous cherchais, Mylord.

— Tâche de ne me trouver que dans la rue. On respire dans cette maison un air libre et pur, je ne veux pas qu'on le corrompe ; et voilà pourquoi je te défends de t'y présenter jamais.

— Mylord n'est pas ce matin dans son jour d'indulgence ; sa colère me ferait perdre le fil de ma narration ; j'aime mieux renvoyer à un autre jour les confidences précieuses que j'étais chargé de lui faire.

— Est-ce un piége pour t'introduire auprès de mes amis?

— C'est si peu ce que vous dites, Mylord, que je n'insiste pas et que je me retire. Quand

Votre Seigneurie sera mieux disposée, je reviendrai.

— Non. Voici ma voiture, montes-y en cachette après moi : elle ira au pas, et tu me diras ce dont il s'agit. Est-il question de Georges, d'Edward, ou de moi ?

— Il est question de vous trois, Mylord.

— Monte.

Les chevaux cheminèrent au pas ; et comme Biaggini gardait le silence, Zambala lui ordonna de le rompre sans délai, car il avait peu d'instants à lui accorder.

— C'est que la chose est si sérieuse, si importante, dit Biaggini, que je n'ai pas voulu différer cet entretien ; mais elle est aussi tellement délicate, que je ne sais en vérité par où commencer.

— Je te croyais au-dessus de tous les scrupules.

— Ce ne sont pas les miens, ce sont les vôtres, Mylord, qui me mettent à la gêne. Je connais mieux que Votre Seigneurie les mots délicatesse, honneur, probité, mais nous les comprenons d'une manière tout opposée : voilà l'embarras. Il est des hommes que l'on aborde franchement, il en est d'autres dont on ne s'approche qu'avec une extrême réserve, quelque bonne nouvelle qu'on leur apporte; et je tremble en ce moment, moi dont le courage a subi de si rudes épreuves... faut-il que je me hasarde?

—Tu aurais déjà fini, dit l'Indien avec une impatience que Biaggini s'était plu à faire naître.

— Donc, écoutez, Mylord, dit Biaggini d'une voix assez faible comme s'il craignait d'être interrompu dès les premiers mots, avec un gentilhomme à préjugés comme vous, on n'ose guère dire tout d'abord de quoi il est question, quand il s'agit d'une chose un peu équivoque; mais vous aurez la bonté de vous rappeler ce que je suis, et vous me pardonnerez, je l'espère. Je vous remercie, Mylord, de m'écouter sans froncer le sourcil; cela m'encourage, et je poursuis.

Puisque vous êtes à Londres depuis assez longtemps et que votre cœur semble toujours libre de ses mouvements, j'ai dû penser que l'Angleterre était pour Votre Seigneurie un séjour d'ennui. Or, il n'est pas juste que vous dédaigniez ainsi nos belles misses, nos ravissantes ladies; et, à moins que vous n'ayez un cœur de roche, vous ne pouvez point ne pas trouver frais et pur ce qui est pur et frais.

Je sais fort bien que les Nègres peignent le diable blanc, et leurs dieux couleur d'ébène; je crains qu'à leur exemple, Votre Grâce qui a le teint un peu safran, ne trouve pas trop séduisantes les couleurs blondes, blanches et rosées de nos dames; mais, encore une fois, n'y a-t-il aucun bonheur dans le changement? N'est-ce donc rien que la variété pour nos sens blasés, et croyez-vous qu'il n'y a pas de cœur chaud sous ce velouté délicieux à la vue, plus délicieux encore au toucher? Mylord, Mylord, il ne faut pas être exclusif, et le noir n'est beau qu'en opposition aux autres couleurs. Il n'y aurait pas de femmes grandes si toutes avaient six pieds, et rien ne serait plus monotone que la verdure, si elle avait la même nuance. Sans les levers et les couchers du soleil, l'azur du ciel fatiguerait nos regards; et, pour moi, j'admire bien plus les yeux bleus lorsque je viens de m'enivrer des rayons d'une prunelle noire.

Cela posé, Mylord, je dirai, puisque vous me permettez de poursuivre, que je ne comprends pas votre héroïsme, même en supposant que vous ayez laissé là-bas, dans votre lointain pays, — car vous venez de loin — quelque rare beauté jaune et alourdie, dont je m'explique du reste le mérite. Certes, je ne veux pas vous blesser par des suppositions dont votre cœur aurait à souffrir, si elles se réalisaient; mais, chez vous, Mylord, que l'objet ou les objets de votre culte aux antipodes de Londres vous gardent cette austérité de principes dont vous honorez la mémoire..., vous pouvez le croire, vous citoyen d'un autre monde; mais ici, cette foi serait un ridicule, et l'on aurait beau ébranler les airs comme cent mille coups de tonnerre, le mot fidélité ne s'entendrait pas d'un bout du pôle à l'autre. Soyez-en sûr, Mylord, la tendresse décroît en raison de l'éloignement, et quand les pieds sont opposés, les cœurs le sont aussi.

Eh! bon Dieu! ne souriez pas avec dédain; ma morale est celle de tout ce monde qui passe près de nous; noble ou roturière, énergique ou molle, brûlante ou tiède, chacun de nous a une âme, c'est-à-dire une affection. Eh bien! que l'objet de cette préférence traverse seulement le détroit, et nous chercherons autour de nous une consolation à l'absence. Ici, à Londres, il est si aisé de trouver quand on cherche, que quelques jours n'ont point passé sur un adieu, sur une larme, que l'œil est sec et le cœur aussi.

Or donc, Mylord, pour peu que vos poumons se soient imprégnés de notre atmosphère, vous êtes à nous par quelque partie de vous-même, et vous devez comprendre l'ivresse du changement.

Toutefois, si la conversion était incomplète, je m'engage à l'activer ; et c'est pour cela que je vous ai demandé l'honneur de cet entretien, auquel j'ai cru devoir donner un si long préambule.

— Arrive donc à la fin de ta ridicule histoire, dit Zambala impatienté.

— Me voici au commencement de la fin, reprit Biaggini satisfait de l'attention qu'il avait obtenue jusque-là. Mylord, je connais à Londres une femme belle parmi les plus belles, fraîche, épanouie, gracieuse comme Hébé, aventureuse comme Diane, jetant à la brise et aux parfums ses jours et ses nuits, assez spirituelle pour donner de l'esprit à qui l'écoute, assez folle pour ne point faire regretter la sagesse à qui vient de la perdre à ses côtés, et croyant à la vertu comme aux fantômes et aux farfadets. Cette femme, Mylord, je l'ai rencontrée butinant des plaisirs au lieu de bonheur, mais avide de celui-ci comme l'aigle d'espace; et c'est pour cela que je lui ai parlé de vous.

— Ta sœur? dit Zambala, avec un sourire de mépris.

— Mylord, je suis un vaurien, voilà tout... au reste, Mylord, ce que j'en ai fait, c'est dans vos intérêts... Cette femme jouit d'un privilége que vous apprécierez à coup sûr: elle connaît tout le monde, elle a des intimités avec le ciel et avec l'enfer; vous voyez donc bien qu'elle peut vous être d'une grande utilité: vous cherchez deux ou trois gentlemen, deux ou trois mistresses et ladies que mon génie n'entrevoit qu'à travers un épais brouillard. Eh bien! je regarde vos craintes comme évanouies si vous vous en rapportez à l'instinct, que dis-je? à l'adresse de cette incomparable voyageuse qui a le talent de se trouver en même tems là et là.

— C'est encore une de tes infernales ruses pour arriver à quelque scène d'orgie ou de taverne?

— Oh! non, Mylord, ceci est une chose grave de laquelle dépend peut-être le bonheur de tout ce qui vous intéresse.

— Voyons donc quel prix met ta protégée au service que nous attendons d'elle.

— Il faudrait seulement vous laisser aimer, Mylord.

— Ne m'as-tu pas déjà dit que c'était une affaire faite?

— Presque : son amour pour vous ou pour tout autre, peu importe à cette femme mystérieuse pétrie d'or et de boue... Ce qu'elle veut, c'est le silence des passions; ce sont les ténèbres au milieu des agitations du cœur et de la tête.

— Allons, allons, ta noble inconnue est un monstre de laideur.

— Mylord, vous en serez aux regrets, et je me verrai forcé de choisir une autre conquête.

— Sur qui as-tu jeté les yeux?

— Sur votre ami Georges.

— Malheureux! Tu commettrais un sacrilége inutile : Georges, brisé par la douleur, n'a d'émotions que celles qui tuent.

— L'ivresse a ce privilége, et quand il est permis de se choisir une mort...

— Tais-toi, je te défends de t'adresser à mon ami, pour tes méprisables manœuvres.

— Soit, je m'en tiens à vous, ou j'attaquerai sir Edward.

— Biaggini, je ne suis pas de ceux qui ont foi en une femme sans conscience, dont toute la vertu consiste à cacher ses vices. Tâche de lui arracher les secrets qui peuvent nous être utiles, et ne t'avise point de parler de ton acolyte à mes amis : moins indulgents que moi, ils pourraient te traiter comme tu le mérites, et je me lasserais de te donner l'adresse de nouveaux banquiers.

— Votre dernière menace ne m'épouvante pas, Mylord : nous sommes encore loin de compte ; et puisque vous ne voulez faire les choses qu'à demi, temporisons. Quand l'amitié est chaude comme vous le dites, elle s'impose bien d'autres sacrifices. Elle fouillerait au fond des enfers pour y puiser une consolation ; elle forcerait les événements au lieu de les attendre ; mais vous, Mylord, vous n'êtes pas de notre pays, puisque vous reculez devant un scrupule ; et d'ailleurs, qu'est-ce que je vous demande? Une espérance pour vous, une consolation pour votre ami Georges, auquel je ne m'intéresse que parce que vous le protégez. Vos cœurs sont donc bien fragiles, qu'ils redoutent à ce point la vue d'une jolie femme ? Et puis encore, est-ce une glu si solide qu'on ne puisse s'en détacher?

Rassurez-vous, Mylord; si vous teniez trop à conserver la conquête que je vous propose, elle ne vous échapperait pas moins; je vous l'ai dit, elle a des ailes de feu, et quelques jours d'esclavage, c'est tout ce qu'elle voudrait subir. Ce que je crains, c'est que les ennemis contre lesquels vous êtes déchaînés, n'aient quitté l'Angleterre; la mort imprévue de lord B... les aura frappés d'épouvante, et dès lors plus de consolations pour votre ami. Les passions se chassent les unes par les autres. Ce n'est point une profanation, comme vous le dites, c'est une loi de notre nature si incomplète. En supposant sir Georges épris de mistriss Charlotte, — je la nomme pour la première fois, — il oubliera ses premières douleurs; une femme peut seule effacer la plaie faite par une femme, et ce qui a été oublié un jour ne revient jamais que fort attiédi.

Ma logique, Mylord, est la seule vraie, la seule qui puisse vous être profitable; croyez-moi, utilisez-la, vous m'en remercierez plus tard.

— Va dire à ta mistriss qu'elle recevra la visite de Georges ou la mienne.

— Elle aimerait mieux la vôtre, puisque je lui ai dit que la victoire serait plus difficile.

— Si tu continues, je te jette dans la rue, à travers les glaces de ma voiture.

— Va donc pour sir Georges.

Zambala et Biaggini se quittèrent; le premier alla rejoindre ses amis, l'autre se rendit auprès de miss Charlotte pour se concerter avec elle. Il la trouva foulant aux pieds ses belles fourrures, livrant aux flammes ses plumes et ses chapeaux, déchirant ses soieries et ses dentelles; les meubles de son appartement étaient en désordre, son lit bouleversé, ses cristaux en pièces, ses rideaux en charpie... Une colère de femme venait de passer par là...

A l'arrivée de Biaggini, la riche pendule qui

ornait la cheminée, allait voler en éclats avec les candélabres qui l'entouraient ; les mains de Charlotte s'arrêtèrent, ses prunelles en feu perdirent de leur irritation, son sang parut s'attiédir et se calmer.

Mais quelle mer n'est houleuse après la tempête, quelle campagne n'est attristée après l'orage?

— Que voulez-vous? dit mistriss Charlotte d'une voix rapide.

— Vous admirer d'abord, et puis vous annoncer une visite.

— Je ne suis pas d'humeur à en recevoir... Les hommes! les hommes! esclaves dans le combat, dominateurs après la victoire, fantasques tout d'abord, mutilant plus tard l'idole qu'ils ont adorée! En vérité, Dieu nous a jetées au monde dans un accès de bizarre humeur, et je ne vois pas pourquoi nous ne traiterions pas ces êtres privilégiés par le ciel, par les mœurs, par les lois, comme je viens de traiter ces étoffes et ces cristaux qui jonchent mes tapis.

— Au fait, mistriss, répliqua Biaggini avec un sourire diabolique, peut-être y aurait-il moins de désharmonie dans cet univers si une femme l'avait créé. Elles sont toutes si calmes, si réfléchies, si raisonnables dans leurs vœux, elles ont tant d'empire sur elles-mêmes! Le monde gouverné par les femmes serait ce vaste salon où je ne puis mettre le pied que sur un débris.

— Le beau malheur vraiment d'écraser du talon qui veut nous écraser de la pensée! Manquons-nous de larmes pour nos infortunes, et faudrait-il encore en verser sur nos joies? Amère dérision! Oh! les hommes! les hommes! De qui voulez-vous me parler, Biaggini?

— De cet Indien farouche, invulnérable, dont une partie de Londres s'occupe avec tant d'intérêt, d'un pauvre et timide amoureux brisé par une passion naissante, d'un beau et brave gentilhomme courbant le front sous un premier et unique amour.

— Le choix est difficile.

— Et la conquête aisée pour vous, mistriss... Si vous essayiez, trois triomphes à la fois?

— Tu me ravives à l'espérance en me montrant la gloire. Mais, du mystère d'abord; je te l'ai dit, la nuit, le silence... On se crée un Dieu, une religion, dans les ténèbres. Ne me dis pas qui viendra près de moi, je veux l'ignorer, je le reconnaîtrai bientôt... va.

— Mistriss, je tremble pour vous.

— Et moi, je me rassure dans le péril. Oh! si ce cœur pouvait renaître à l'amour, à une de ces douces et saintes affections qui enivrent l'âme, et que j'ai connues une fois!

Biaggini s'arrêta stupéfait à cette première confidence.

— Va donc, misérable! dit miss Charlotte en le poussant par les épaules.

En quelques instants, Biaggini fut auprès de Zambala qui lui déclara que ses amis étaient résolus à ne voir personne. L'Indien en cédant aux instances de l'intrigant Génois, n'avait eu en vue que la guérison d'Edward et de Georges ; il s'était persuadé qu'une heureuse diversion pourrait s'opérer chez ses deux amis malades, par les grâces et l'esprit dont Biaggini avait doté sa protégée. Mais il n'avait pas voulu flétrir leurs âmes en les supposant capables d'abjurer un chaste amour pour une honteuse passion ou un méprisable caprice. Aussi reçut-il sans trop de chagrin le refus de ses deux amis, et se résolut-il à tenter lui-même l'aventure, pour essayer d'arracher à cette femme dangereuse les secrets qu'elle pouvait savoir et qu'il tenait tant à connaître.

Sage et prudent, il avait dit à Biaggini sa haine contre la famille de lord B..., et il poursuivait à l'aide du Génois la demeure ignorée des parents de Georges.

Biaggini, comme tout Londres qui s'était ému à l'absence du beau policeman, avait entendu parler de lui ; il l'avait cru mort depuis longtemps ; il gagnait de l'argent à seconder Zambala, il n'en voulait pas davantage, et peut-être, pour prolonger une situation si lucrative, n'aurait-il point fait part du succès à Zambala, si le hasard l'eût conduit un jour au but de ses recherches.

Comme vous le voyez, le doute lui était plus favorable que la certitude, et il n'était pas homme à perdre volontairement un seul de ses avantages.

Ainsi que Zambala, mistriss Charlotte n'avait confié à Biaggini que la moitié de sa vie de dissipation et d'erreurs, de sorte qu'à chaque pas l'Italien pouvait trébucher et tomber dans un piége.

Elle était belle, elle était noble, piquante, hasardeuse ; c'était une nature que Biaggini comprenait ; quant au reste, il s'en fiait au destin qui pouvait bien, selon lui, le conduire aux présides, mais qui devait lui épargner la corde.

Zambala et Biaggini s'acheminèrent dans l'ombre vers la demeure de mistriss Charlotte, lorsque déjà près d'arriver, l'Indien changea de résolution, et refusa le tête-à-tête dont il n'espérait aucune lumière.

— Mais vous me perdez de réputation, Mylord, dit Biaggini ; on va m'accuser de manquer de parole, je suis déshonoré.

— Bah ! bah ! c'est ce prétendu déshonneur qui ennoblit ; va trouver la séduisante miss Charlotte ; justifie-toi, je te le permets, à l'aide d'un mensonge, dis-lui que j'ai craint une chute, et souhaite-lui des conquêtes plus faciles.

— C'est fini ; elle m'arrachera les yeux, je la connais, ce n'est pas son cœur qui souffrira de ces dédains, c'est sa tête ; et, comme celle-ci ne lui ordonne jamais que des extravagances, vous allez me voir arriver chez vous en lambeaux.

Je vous en supplie, Mylord, un peu de pitié pour le pauvre Biaggini, rendu désormais au triste métier de chercheur d'adresses.

La fin de cette prière n'avait pas été entendue par Zambala qui déjà était retourné sur ses pas, honteux du rôle que son irréflexion lui avait fait accepter.

Le front bas, l'œil morne, Biaggini poursuivit lentement sa route, en fouillant dans son imagination pour y trouver une excuse auprès de mistriss Charlotte dont il redoutait le courroux ; mais il voyait d'avance la colère et l'indignation de la belle offensée, et il allait de nouveau supplier Zambala de se montrer plus généreux, quand il se prit à se parler à lui-même :

— Allons! allons! se dit-il en se frottant les mains, j'ai bien fait de chercher un auxiliaire à mes projets ; et, puisque lord Zambala m'échappe, j'ose espérer encore que sir Georges se montrera plus soumis. L'homme le moins curieux du monde est excité par le mystère ; il se laisse prendre au piége d'une parole mielleuse, et il doit être permis dans tous les climats d'essayer un faux en écriture privée, lorsque le résultat est une consolation et une joie. Poursuivons notre marche, continuons à nous fier à notre bonne fortune, et tâchons de faire oublier à miss Charlotte les éternelles heures d'attente qui la vieilliraient si je ne lui venais en aide.

Ce Georges de si heureuse mémoire est un homme de bonnes manières et de bon goût ; on me l'a dépeint beau comme Antinoüs, espérons qu'il ne sera pas aussi froid que la statue de marbre, type des lovelaces de l'antiquité.

Il avait à peine achevé ce soliloque qu'il se trouva presque entraîné par une voiture, qui s'arrêta devant la maison où il était attendu.

Un jeune homme en descendit.

— Je suis sauvé, s'écria Biaggini, voici une conquête assurée !

Il s'élance ; il arrête le bras qui va frapper.

— Pardon, Mylord, vous connaissez la maison où s'arrête Votre Seigneurie ?

— Oui ; mais que vous importe ?

— Beaucoup, Mylord ; sans cela je n'aurais pas pris la liberté de vous interroger..... Voulez-vous être assez généreux pour me dire le motif de votre visite à mistriss Clarton ?

— Vous êtes un coquin bien effronté !

— Il paraît, Mylord, qu'il y a écho dans toute la ville pour cette parole devenue banale, tant elle est vraie... Mais ma question est sans réponse, et je la renouvelle.

— La réponse, vous la savez à coup sûr, vous l'âme de toutes les intrigues, vous la pierre angulaire de tous les secrets de famille. Il n'est pas encore entièrement nuit, écoutez la lecture de la lettre que j'ai reçue, et que vous avez écrite sans doute vous-même :

« Georges, il est temps qu'une étoile brillante rayonne à ton ciel orageux ; redresse-toi, roseau battu par la tempête ; fais face au malheur qui te poursuit, et tu en triompheras. Ce soir, une demi-heure après avoir reçu cette lettre, sors, et dirige-toi à Gerard-Street, n° 30, frappe trois coups précipités, puis un, puis deux très-rapides, on ouvrira : sois calme pendant le tête-à-tête que je t'ai préparé, et songe que si tu appelais le jour avant ton départ, le charme et la fée s'évanouiraient à l'instant même : la fable d'Orphée et d'Eurydice deviendrait de l'histoire. »

— C'est donc cette lettre qui vous a décidé, Mylord ?

— Oui ; et quoiqu'elle n'ait point de signature, quoiqu'elle soit peut-être un piége tendu à ma crédulité, je suis venu.

— C'est bien, Mylord, vous serez récompensé de votre confiance.

Une femme jeune, belle, attendait dans l'obscurité les émotions du mystère. Elle voulait savoir si les ténèbres ont leur privilége, et si le cœur peut se laisser prendre aux séductions seules de la parole...

Le marteau donna le signal convenu ; deux sveltes servantes ouvrirent, et Biaggini servit de guide à l'aventureux jeune homme. Ils entrèrent dans un vaste salon non éclairé précédant la chambre tout à fait obscure de mistriss Charlotte.

— C'est là, dit Biaggini à voix basse, et il alla rejoindre mistriss Clarton, la maîtresse du lieu.

Sir Georges, dont la vie s'épuisait dans les tortures de poignantes déceptions, hésita d'abord ; puis marchant à pas lents et à tâtons vers la porte qu'on lui avait indiquée, il frappa deux petits coups et entra sans attendre une réponse.

Les mains en avant, il cherchait à se guider par le souffle de la femme qui l'attendait, rien n'arrivait à lui... Une main l'arrêta et s'empara de la sienne; main fraîche et parfumée, petite et délicate... point d'émotion... il voulut fuir.

— Restez.

Un tressaillement le saisit.

— Parlez encore, dit-il; et la main qu'il pressait devint fiévreuse.

Il y eut un long silence pendant lequel deux cœurs battaient fort.....

— Donnez-moi cette bague.

— Donnez-moi celle-ci.

— J'accepte l'échange.

— Et l'échange d'un baiser...

La porte s'ouvrit et se referma.

— Enfer!, s'écria le jeune homme après avoir jeté un regard stupéfait sur le bijou qu'il avait reçu, et il courut de nouveau vers l'appartement qu'il venait de quitter.

La porte était close en dedans; Georges s'élança vers sa voiture qui partit avec rapidité.

— Damnation ! dit une voix étouffée sortie de la chambre de miss Charlotte.

Biaggini et les servantes accoururent par une porte dérobée. Une femme est là, sur le tapis, s'arrachant les cheveux, se meurtrissant le sein... On la saisit, on la dépose sur un sopha... elle ouvre les yeux.....

— C'est un rêve, dit-elle, n'est-ce pas que c'est un rêve ? Quel est cet homme qui sort d'ici ? D'où tient-il cet anneau qu'il m'a donné ?

— Cet homme, dit Biaggini, est un fils de bonne maison à qui vous venez de faire oublier le malheur qui le poursuit.

— C'est lui, oh ! c'est lui ! s'écria Charlotte, en bondissant comme une lionne. Cours, Biaggini, tu atteindras sa voiture ; reprends de force ou par la prière, la bague qu'il a reçue de moi, reprends-la surtout avant qu'il la voie..... Mais va donc, misérable ; si cet homme voit cette bague, je suis perdue. Et vous, silence, madame, sur votre âme en péril, silence.

Biaggini venait de partir; mais la voiture de Georges était déjà loin, et rien ne lui dit alors la cause du désespoir de mistriss Charlotte..... La saura-t-il plus tard?

CHAPITRE XXV.

QUI EST-CE DONC ?

Le doute, c'est la mort.
BARNAVE.

QUI EST-CE DONC?

—

Le lendemain, il était à peine jour, et déjà une voiture dont les stores abritaient une dame à demi voilée, roulait lentement aux environs du Quadrant, rendez-vous habituel, comme nous l'avons dit, des désœuvrés de la grande cité.

Si vous aviez pu distinguer la physionomie

de la dame, dont l'œil investigateur visitait toutes les croisées des tavernes et des public-houses, vous auriez vu des traits contractés, des lèvres pâles, des cheveux en désordre et un sourire satanique se poser comme un anathème sur les deux coins d'une bouche articulant des syllabes inintelligibles.

Le cordon qui allait de l'intérieur du carrosse au bras du cocher se tire ; celui-ci s'arrête, il descend, la portière s'ouvre, la femme s'élance, s'empare violemment de la main d'un promeneur, et bientôt tous les deux sont assis à côté l'un de l'autre.

— Tu ne m'attendais guère, n'est-ce pas, misérable? eh bien, me voici, me voici pour te demander compte de tes crimes. Qu'as-tu fait hier? qui as-tu conduit dans mon appartement? Où as-tu trouvé cet homme, ce démon que tu rejoindras bientôt en enfer? Parle, ah! parle avec franchise pour la première fois de ta vie. J'ai là, sous mon écharpe, de quoi t'imposer silence si tu mens, et songe bien que rêve ou réalité, damnation ou ivresse, je veux tout savoir... j'écoute.

— Je sais, madame, répliqua Biaggini avec un calme stoïque dont il usait dans toutes les positions difficiles, que vous voudriez être trompée, mais je serai franc.

— Tu vas mentir.

— Je mens en faveur des autres ; jamais pour moi.

— Hâte-toi donc.

— Je venais de remplir la mission que vous m'aviez donnée, poursuivit Biaggini du ton le plus calme et le plus précis. Un homme, un seul, le plus brave des trois dont j'avais parlé à Votre Grâce, avait accepté le galant cartel que je lui avais proposé. Nous cheminions à côté l'un de l'autre comme deux amis.

— Insolent! dit Charlotte en rougissant d'indignation et de colère.

— C'est vrai, je suis insolent, mais l'étranger n'est pas là pour m'en punir... Tout à coup celui que je guidais s'arrête, retourne sur ses pas, n'entend pas même ma voix qui l'appelle.

— Pourquoi cette fuite? dit Charlotte avec une vivacité qui hâtait une réponse.

— Demandez au poltron pourquoi il fuit le péril, répondit Biaggini en souriant, je venais de parler de vous, Madame, avec toute l'admiration que vous m'avez inspirée; lord Zambala n'a point osé braver la puissance de votre regard, le charme et la séduction de votre parole.

— Oh! point d'éloge, misérable suppôt de Satan, tes paroles mielleuses sont le regard fascinateur du serpent qui se jette sur sa victime et lui donne la mort. Au point où j'en suis venue, j'aime mille fois moins tes douceurs que tes anathèmes, tes caresses que tes malédictions; et tu m'apporterais maintenant une joie que je la prendrais pour une torture. Cependant il me faut la vérité, il me faut un coup de poignard au cœur, du poison dans les veines, la vie n'est plus possible telle que tu me l'as faite, et je veux en sortir, fût-ce par un coup de *foudre*!..... Parle, quel est l'homme que tu as introduit dans ma chambre?

—Vous allez tout apprendre, répondit Biaggini d'un ton positif: son ami venait de recevoir une lettre de moi, car je vous désirais deux fois triomphante; sa voiture nous avait précédés.

— Dis-tu vrai, Biaggini? Oh! je te bénis, si tu dis vrai, s'écria Charlotte avec un sentiment de bonheur indicible.

— J'ai reconnu l'équipage, les chevaux..... Le gentleman est monté.

— Cette bague, d'où lui est-elle venue?

— Je l'ignore.

— Si tu savais qui a possédé cet anneau ou un anneau pareil!

— Qui donc, mistriss?

— Tu ne le sauras jamais: il y a là un mystère horrible, un mystère qui me brûle le sang, et qu'il faut que j'éclaircisse aujourd'hui, à l'instant même..... Où loge cet homme?

— Je ne le sais pas, Madame.

— Tu le sais, Biaggini, cet homme a reçu aussi une bague en échange de la sienne. Je ne te quitte pas que ma tête et mon âme ne soient en repos..... Conduis-moi près de cet homme, ou je te livre à tes juges; car depuis ce matin seulement je sais ta vie de scélérat : un bandit arrêté dans la rue de mistriss Clarton a prononcé ton nom au policeman; j'ai fourni caution pour sa liberté, j'ai interrogé ton acolyte, et j'ai su par lui comment est mort lord B..... comment il a été lâchement assassiné.

Tu vois donc que tu es sous ma dépendance, ange des ténèbres; tu me conduiras sans retard chez celui que je cherche, ou je t'abandonne au bourreau.

— L'alternative n'est pas rassurante, Mistriss, et je ne vois pas trop comment je sortirai du piége que vous m'avez tendu.

— En disant la vérité.

— Vous êtes libre, Mistriss, de la prendre pour l'erreur; et dès lors, au lieu de la corde que vous me promettez d'une façon si gracieuse, c'est peut-être votre malédiction qui tombera sur ma tête..... Dans les deux cas, un malheur pour ce pauvre Biaggini sans cesse à la torture; et bien certainement j'aime mieux une ascension à Newgate qu'un anathème de Votre Grâce.

— Quoi qu'il doive arriver, dit mistriss Charlotte, il faut que tu parles. Tu aimes mieux, j'en suis sûre, le calme de ton corps que le salut de ton âme; tu vois donc bien que le silence est impossible, et que pour toi surtout, il y a bénéfice à le rompre.

— La parole compromet toujours plus que le mutisme, dit l'Italien d'un ton réfléchi, je ne sais comment je me suis laissé prendre en défaut.

— Le silence est accusateur, dit mistriss Charlotte ; je saurai tout.

Le péril était grand pour Biaggini, qui avait mêlé la vérité au mensonge en taisant le nom de Georges ; mais il lui devenait impossible d'échapper à l'épreuve. Il savait tout ce qu'il y avait d'impérieux dans les volontés de miss Charlotte, et il aima mieux aborder franchement la difficulté que de lutter contre une femme dont la vengeance devait être terrible. Ses armes pour résister aux conséquences de l'entrevue à laquelle il ne pouvait échapper, il les trouverait à l'instant même du danger, et il comptait moins encore sur le hasard que sur son génie créateur.

Cependant la voiture cheminait toujours au pas régulier des chevaux, et elle prenait le chemin de la maison de la jeune femme au désespoir, dont le regard pareil à un éclair faisait baisser les yeux de Biaggini qui ne voulait point questionner, mais qui ne refusait pas de répondre. Sa figure toujours impassible comme le crime sans remords avait une sérénité d'autant plus orgueilleuse que les lèvres et les gestes de miss Charlotte se montraient plus menaçants.

Il comprenait bien, le misérable, que sa vie était entre les mains de son ennemie d'hier; mais sa pensée avait interrogé les conséquences d'une dénonciation, et il estimait trop l'intelligence de son adversaire pour oser craindre qu'elle ne poussât jusque-là son besoin de vengeance.

En Angleterre autrement qu'en Espagne et en Turquie, les gens qu'on va pendre ont eu des défenseurs, ceux-ci à leur tour se sont placés en présence des témoins, et miss Charlotte venant déposer devant la cour d'assises devait dire son nom et ses qualités. Or, Biaggini demeurait plus que jamais persuadé qu'un puissant motif forçait l'Anglaise à s'abriter sous le voile épais qui l'avait protégée jusque-là ; et c'est parce que son cerveau avait calculé en un instant toutes ces chances, qu'il paraissait si fort à l'aise auprès de miss Charlotte.

— Sais-tu où nous allons? lui dit-elle après un long silence et d'un ton impérieux.

— Non ; mais je suis sûr que ce n'est pas dans une chapelle solitaire de Saint-Paul ou de Westminster, répondit en souriant le Génois.

— Je ferais pourtant bien de t'y conduire, infâme, car peut-être n'as-tu que quelques heures à vivre.

— Croyez-moi, Miss, l'impie qui n'a point prié dans ce monde alors que ses jours étaient pleins de force, a mauvaise grâce à s'agenouiller lorsque sonne sa dernière heure ; et cependant si Satan ou Dieu avait décidé de m'appeler dès ce soir au ciel ou en enfer, j'avoue que je prierais... Mais ce serait pour vous,

Miss, qui avez encore besoin d'appui sur cette terre d'épreuves et de calamités.

— Hypocrite! s'écria Charlotte en le saisissant à la gorge, tu feins le courage comme tu feins peut-être le vice, tant il y a de dépravation en toi! Tu as l'air de te jouer de la mort comme tu te joues de la vie; mais va, le jour de la redoutable épreuve ne tardera pas à se lever sur ta tête, et j'irai voir alors avec la foule, si tes lèvres seront toujours riantes, si ton front aura toujours sa sérénité.

— N'en doutez pas de grâce, répondit Biaggini qui ne fit pas un mouvement pour échapper aux ongles de miss Charlotte, si je meurs en votre présence, prenez-moi pour exemple, belle Miss, et croyez d'avance que mon énergie ou plutôt ma gaieté donnera des regrets au peuple autant qu'au bourreau.

— De la vanité sur la potence!

— C'est là surtout qu'il faut en avoir; on est si près du ciel!

La voiture venait de s'arrêter; Charlotte en descendit la première, Biaggini s'excusa galamment de n'avoir pas été assez prévoyant pour lui offrir sa main, et la précéda sur l'escalier. C'était dans la chambre de la belle Anglaise; il s'assit.

— Sans préambule, lui dit miss Charlotte, pars, trouve-moi l'homme que je t'ai demandé; pars, et reviens surtout avec une certitude; il me la faut, je le veux, j'attends.

— Avez-vous bien réfléchi, Mistriss, aux graves conséquences de cette entrevue?

— J'ai tout calculé, dit Charlotte, l'incertitude me tue, et je ne veux pas mourir sans une conviction.

— Mais si cette conviction est un malheur?

— J'aime mieux le malheur que le doute.

— Le doute est souvent une espérance.

— Le doute est toujours une calamité.

— Interrogez le coupable enfermé dans un cachot, et vous saurez le redoutable effet des paroles du juge qui vient lui dire : —L'éternité vous attend.

— Mais je ne suis pas criminelle, moi, s'écria Charlotte avec exaltation, je veux tout savoir, et tu devrais être déjà loin d'ici... Pars, misérable, et songe que chaque minute d'attente va être pour moi un siècle d'angoisses.

Biaggini salua respectueusement sans répondre.

Tandis que la belle Charlotte attendait chez elle l'homme qui possédait une partie de ses secrets les plus intimes, celui-ci assez maître de lui-même pour affronter la tempête, se dirigeait vers la demeure de Zambala. Loin de lui adresser le moindre reproche sur sa fuite imprévue, il lui dit au contraire qu'il était enchanté que l'entrevue n'eût pas eu lieu, parce que la belle Charlotte avait changé d'avis : ce n'était plus Zambala qu'elle voulait connaître, c'était Georges, ou plutôt sir Edward dont elle tenait à guérir la fatale passion... Zambala n'était plus aux yeux de la belle Anglaise qu'un fat... un ours, un sauvage indigne des attaques d'une femme civilisée. Elle le dédaignait sans le mépriser, elle ne voulait plus le voir, et elle ne comprenait pas comment cet être d'une espèce si bizarre pouvait occuper un seul instant non pas un cœur, mais une pensée.

Zambala ne fut pas pris aux filets du coquin; il feignit de croire sincère le persiflage dont il était l'objet, et il remercia Biaggini du soin qu'il prenait de lui faire part des sentiments de miss Charlotte.

— Au reste, ajouta-t-il afin de mieux s'assurer de la valeur réelle des paroles dont l'Italien était censé l'écho, tu me sauves d'un grand péril; car bien certainement j'aurais succombé aux séductions de ta ravissante protégée. Ce n'est pas le dédain qui m'a éloigné, c'est la peur, une peur légitime, puisque miss Charlotte ne compte que des esclaves; et quoique je sois né inflexible aux caressantes paroles de vos femmes à la mode, votre climat, vos usages avaient changé ma nature, et j'allais devenir Anglais par ma défaite.

— Eh bien! où serait le mal que vous le devinssiez en effet, Mylord? Est-ce que le plaisir, est-ce que le bonheur ont une patrie privilégiée? L'ivresse du cœur se fait sentir sous tous les climats, et si j'en juge au teint chaud dont votre figure est colorée, le soleil n'est pas avare dans votre pays de ses baisers régénérateurs.

— Ah çà ! mon coquin, il me semble que tu deviens poétique.

— Que voulez-vous, Mylord? le contact et puis encore le désir bien ardent que j'éprouve de chasser de vos traits si imposants ce caractère de fatalité qui les assombrit presque toujours......

— Tu as beau faire, Biaggini, j'aime mieux le calme avec la défaite que les agitations avec le triomphe, et je te défends de persister. Quant à mes amis, je te permets de les tenter, puisque nous cherchons la lumière partout où elle pourra nous guider. Georges dépérit chaque jour, vaincu à la fois par un amour qui le consume et par son impuissance à se venger de ses ennemis ; sa mère adorée, sa sœur, sa femme, objet d'un culte si fervent : voilà sa vie de tous les jours, voilà les pensées de toutes ses heures. Invente un ingénieux moyen pour que cette entrevue que tu projettes ait lieu, je ne m'y oppose pas. Mais, je te le répète, tes espérances seront déçues. Quant à sir Edward, la parole de Dieu serait sans pouvoir sur son âme pieuse ; il aime miss Betsy autant que tu aimes le mensonge et l'intrigue, tu vois donc bien qu'il est inattaquable..... va.

— Pardon, Mylord, je crois que vous flattez sir Edward ; mais pour en revenir à mes premières pensées sur Votre Seigneurie, je vous dirai que j'ai fait à mistriss Charlotte un mensonge...

— Cela ne me surprend pas.

— Ni moi non plus ; mais ce qu'il y a de sérieux, c'est que ce mensonge m'a été presque prouvé, que j'en ai presque rougi.

— Impossible.

— J'ai dit *presque*, Mylord, et que pour paraître sincère, j'ai dû accepter en votre nom et au nom de vos amis, un rendez-vous imposé par la belle Charlotte. Il y a là-dessous un mystère redoutable à ce qu'il paraît, de terribles révélations à propos de certaines bagues échangées. Enfin, je m'y perds, moi qui me serais promené les yeux clos dans le labyrinthe de Crète.

— Tu as un esprit bien infernal, Biaggini.

— Cela prouve que j'ai de l'esprit ; quant à l'épithète dont vous l'escortez, souffrez que je la modifie un peu, et que je vous fasse comprendre que l'enfer et le purgatoire se ressemblent autant que la dévotion et l'hypocrisie, le déshonneur et la probité, l'astuce et la franchise. Les plus habiles s'y trompent, Mylord, et peut-être suis-je un ange.

— Oui, un ange des ténèbres.

— Soit, pour le moment ; l'avenir, je l'espère, rectifiera votre opinion : je vais dire à ma noble dame dont le courroux enlaidissait les traits séraphiques, qu'on est prêt à la recevoir ici ; me permettez-vous pour aujourd'hui cette curieuse entrevue ?

— Ne serait-il pas sage de prévenir sir Edward ou sir Georges ?

— A quoi bon ?

— Ils auront une détestable opinion de mistriss Charlotte, en la voyant avec toi.

— Mistriss se chargera de la changer ; les coquins aussi ont des diamants aux doigts, et puisque vous êtes en quelque sorte mon protecteur, pourquoi ne serait-elle pas, elle, ma protectrice ? Elle viendra sous le prétexte le plus légitime, le moins dangereux. Elle quêtera pour les malheureux Irlandais, elle se présentera sans bijoux, sans parure, riche et belle seulement de ses yeux dont les archanges seraient jaloux, de ses dents dont nulle perle de Ceylan ne saurait égaler la blancheur, de ses cheveux qui...

— Assez, assez, et tâche, toi aussi, de résister à la séduction.

— Oh! moi, Mylord, elle ne peut plus m'atteindre: j'ai succombé.

— Tu en as menti!

— Mylord, ma défaite n'a tenu qu'à un jour, à une heure peut-être, la proclamer n'est donc qu'un demi-mensonge.

Biaggini partit et alla rejoindre mistriss Charlotte dont l'agitation, loin de s'être calmée, semblait avoir pris encore un degré de plus de violence.

— Eh bien? lui demanda-t-elle dès qu'elle l'aperçut.

— Eh bien, répondit sans rougir l'impertinent Italien, j'aurai l'honneur de vous présenter ce soir à lord Zambala.

— Quel est ce nom bizarre? quel est ce lord

inconnu? Est-ce lui qui m'a parlé la nuit chez mistriss Clarton? est-ce lui de qui je tiens cette bague?

— C'est à lui seul, Madame, de répondre à ces questions : sir Edward sera près de lui, ainsi qu'un de leurs amis que le malheur pousse rapidement à la tombe : peut-être ferez-vous trois miracles à la fois.

— Il s'agit bien du présent ou de l'avenir, s'écria miss Charlotte avec une impatience qu'elle ne put maîtriser, je ne m'occupe que du passé, je ne songe qu'au passé ; il faut qu'il s'éclaircisse pour moi ou ma vie est et sera un martyre.

Les préparatifs de cette course qui devait peut-être jeter un jour éclatant sur les mystères du drame dont nous suivons la marche, ne furent ni longs ni difficiles; la belle Anglaise comprenait trop bien la coquetterie d'une mise de goût pour négliger le moindre détail de ses études à ce sujet, et elle les utilisa si bien en cette occasion, qu'on aurait pu la prendre pour une Parisienne en un jour de conquête amoureuse.

Ces manières élégantes, cette désinvolture aérienne, cette grâce, ce je ne sais quoi qui s'emparent si bien de notre cœur, quelque soin que nous mettions à nous défendre, ne s'apprennent point par l'étude et le calcul; ils naissent avec la femme privilégiée, ils l'accompagnent dans toutes les périodes de sa vie, et miss Charlotte avait beau dégrader son âme, elle n'aurait pu, même au milieu du monde abject où nous l'avons trouvée, s'appauvrir un seul instant de cette allure imposante, de cette démarche de reine qui lui avait naguère valu la fatale persécution de Biaggini.

Un chapeau de paille avec un nœud rose sur le côté; un magnifique voile de point d'Angleterre descendant presque jusqu'à sa ceinture, dont les bouts inégaux flottaient à l'air; une robe de couleur indécise et délicate, un superbe cachemire des Indes, une rigide chaussure boutonnée jusqu'à la cheville, des gants assez serrés pour arrêter la circulation du sang : telle était la mise adoptée par l'impérieuse Charlotte, dont une heure, un instant semble devoir changer la destinée.

Elle ne parle plus, elle pense, elle ne se flatte plus du triomphe, elle redoute une défaite, elle craint de se montrer ; sa parole naguère si hautaine est maintenant douteuse ; pour se donner le courage qui lui manque, elle veut marcher. Sa demeure d'ailleurs n'est pas fort éloignée de celle de Zambala, Biaggini la suivra dans la rue, à quelques pas de distance, et ne la joindra qu'en arrivant à la porte du lieu du rendez-vous, comme un valet obéissant.

Elle frappe, elle monte ; son voile d'abord relevé retombe et cache ses traits qu'elle ne veut laisser voir au besoin qu'avec tout leur prestige, et vous diriez une jeune fiancée incertaine, tremblante devant celui à qui elle brûle de livrer sa destinée.

Biaggini l'aide à monter l'escalier et cherche à la rassurer par des paroles que miss Charlotte n'entend pas.

Une porte s'ouvre.

— Miséricorde ! s'écrie Georges.

— Anathème ! dit Charlotte ; et elle s'est élancée comme poursuivie par un serpent.

Zambala, Georges, Edward, Betsy, qui s'étaient levés pour recevoir l'inconnue, se regardent stupéfaits. Le premier interroge d'une prunelle attentive l'Italien immobile sur le seuil ; sir Edward ne comprend rien à cette apparition, à cette fuite ; Betsy troublée ne quitte point la figure de Zambala et cherche à y deviner les mouvements qui l'agitent, tandis que Georges est tombé sur sa chaise, le front pâle, les lèvres violacées, regardant sans voir, écoutant sans entendre, pareil à celui dont la foudre vient de brûler les vêtements.

— Quelle est cette femme ? s'écria enfin Zambala dont la question fait sourire Betsy et lui jette une douce émotion à l'âme. Répondez, Biaggini, sur votre salut, dites la vérité.

— C'est miss Charlotte Clarendon, répond l'Italien d'un ton positif.

— J'étais fou, dit Georges d'une voix étouffée par les sanglots, je crois la voir partout.

Un nouveau mystère restait à dévoiler, Zambala sortit avec Biaggini.

CHAPITRE XXVI.

COUP DE FOUDRE.

La foudre est le glaive de Dieu.
BOSSUET.

COUP DE FOUDRE.

—

Le soir même, Biaggini poussé par la curiosité, à demi vaincu par la frayeur, se rendit en biaisant à la demeure de miss Charlotte qui l'attendait, non pas avec impatience, mais avec rage. Il n'avait pas plus compris que Zambala et Georges la terreur de la jeune femme, et sa pénétration cette fois en défaut ne lui fournissait aucun indice révélateur. Le policeman, au temps heureux de sa vie de gardien de la Cité, avait-il vu Charlotte sur les trottoirs, provoquant les galanteries des promeneurs de bas étage? Ce n'était guère vraisemblable; la belle miss paraissait trop en désaccord avec elle-même, dès qu'elle jetait à l'air une expression de carrefour, ou une pensée de public-house; et, bien certainement, elle avait voulu parler d'elle, lorsque la veille sa bouche avait fait presque l'apologie des femmes qui consentent à descendre pour se mettre au niveau de leurs amants.

Georges l'avait-il saluée dans quelque riche carrosse, et miss Charlotte rougissait-elle de sa position présente en face d'un homme dont une partie de Londres ne parlait encore qu'avec amour et respect?... La supposition pouvait s'accepter; toutefois l'Italien la rejetait, parce que son âme de boue ne comprenait ni le regret ni la honte.

Ces réflexions le conduisirent à la porte de la maison occupée par miss Charlotte ; et, près de frapper en maître afin de se donner de la résolution, il allait délibérer encore, lorsqu'une voix menaçante lui dit :

— Entre, coquin, entre, un pas rétrograde est impossible ; je craignais que tu ne vinsses pas, et je t'ai attendu à ton poste de chaque jour, d'où je te suis en silence, Italien de malheur. Je ne te garderai pas longtemps, mais il faut que tu m'écoutes.

La colère de miss Charlotte avait donné de l'énergie ou plutôt de l'audace à Biaggini ; aussi monta-t-il en sifflottant les degrés de l'escalier et prit-il cavalièrement le plus moelleux fauteuil du salon, où il se prélassa, dans l'attente du sermon contre lequel il s'était aguerri d'avance.

— A la bonne heure, lui dit la ravissante miss en s'asseoyant devant lui : te voilà sans le déguisement que tu t'es fait par le vice et la paresse, te voilà insolent et grossier comme tes pareils les bohémiens des grandes cités européennes : tant mieux, car moi non plus, je ne déguiserai ni mon mépris, ni ma colère, ni le dégoût que tu m'inspires... Et d'abord, insolent, ne cherche pas à cacher ton inquiétude sous cette fausse tranquillité que tu grimaces, appauvris tes lèvres de mendiant du sourire infernal que tu veux y retenir, car je te préviens qu'il m'est aussi aisé de te punir en ce moment de tes brigandages, qu'il te l'est à toi d'enlever la bourse d'un quaker en prières. Sois Biaggini le vagabond ni plus ni moins ; accepte sans t'en glorifier la dose de bassesse que tu t'es acquise, et laisse-moi croire, pour que je te permette de sortir d'ici, que l'enfer est de moitié dans l'œuvre d'iniquité qu'on appelle Biaggini.

— Miss Charlotte a trop bien commencé, répondit l'audacieux Italien en se croisant les bras, pour que je songe à l'interrompre, et son exorde est trop calme pour que je refuse d'écouter la péroraison d'une philippique qui me promet quelques émotions. Hélas ! je suis tellement blasé dans ma vie errante, que je craignais de mourir sans un battement plus rapide au cœur, et je remercie miss Charlotte d'avoir bien voulu me prouver que je puis vivre encore de ce qui en tue d'autres. J'écoute donc sans vous interrompre, poursuivit-il d'un ton moins ironique, et quelque peu de justice que vous me rendiez, adorable miss Charlotte, je vous promets le calme que vous m'avez demandé en souvenir des instants de bonheur que je vous dois, et que je bénirai à mon heure dernière.

Le front de miss Charlotte était devenu pourpre, ses lèvres pressées frémissaient, son beau sein battait à briser sa poitrine, ses yeux immobiles regardaient sans voir, et il était aisé de deviner à tant de violence à demi comprimée que la mémoire de la belle Anglaise la reportait à un souvenir de douleur qu'elle eût voulu acheter au prix de l'oubli de toutes ses ivresses passées.

— De quel bonheur as-tu donc voulu me parler, infâme? s'écria Charlotte avec un accent passionné.

— Ne comptez-vous pour rien, dit Biaggini d'une voix qu'il s'efforçait de rendre humble et caressante, ces paroles harmonieuses que vous avez laissées tomber sur mon âme comme une rosée céleste? et ces regards de généreuse compassion dans lesquels je buvais l'oubli de mes fautes, ne croyez-vous pas, Miss, qu'ils m'aient enivré d'une joie pure et sainte?.....

— Mais, tais-toi, lâche; car tout était mensonge chez moi, dès que je te regardais, dès que je t'adressais la parole... Est-ce qu'on peut être vrai, en face de l'imposture? est-ce qu'on peut avoir de la dignité en face de la bassesse?... Oui, je le crois, il me semble que j'avais résolu de t'élever jusqu'à moi, infâme que tu es, et, sans m'en apercevoir, c'est moi qui descendais et m'abrutissais dans ta servilité... Va, va, le remords est venu avant le crime, et c'est ta dégradation qui m'a sauvée.

Biaggini rougit à son tour, et pour la première fois de sa vie ce sanglant affront qui lui était infligé, il l'acceptait comme un châtiment dont il pourrait peut-être plus tard tirer vengeance, et il garda le silence de sa dignité méconnue.

Miss Charlotte essaya de ressaisir un peu plus de calme, et après quelques instants d'hésitation, elle poursuivit :

— Biaggini, je te dois une honte, je te devrai peut-être bientôt une torture ; tu es si infernalement pétri, que l'éloge de la vertu dans ta bouche convertirait à l'instant même au vice, et que, pour ne pas te ressembler, le coquin deviendrait honnête homme. Je sais où tu iras, mais j'ignore qui tu es, d'où tu viens, et si je croyais au sommeil de Dieu, je pourrais te supposer Satan échappé de l'enfer. Il y a chez tous les hommes, excepté chez toi, un repentir pour chaque faute, un remords pour chaque crime ; il y a pour toutes les femmes, pour moi surtout, un soupir pour chaque faiblesse, une larme pour chaque avilissement. Juge si j'ai souffert.

— A vous le ciel, miss Charlotte.

— Tais-toi, scélérat. A moi le ciel sans doute, puisque la terre est pour moi un enfer ; mais si toute illusion m'est ravie, s'il n'est pas vrai qu'un premier crime efface à jamais tout sentiment noble et généreux, je veux vivre encore, à moins que la réponse que tu vas me faire ne soit un coup de foudre.... Dis, Biaggini le mécréant, ce Zambala dont tu m'as si souvent parlé, est un noble cœur, une âme généreuse, je sais cela, je le crois, quoique tu me l'aies assuré.... Le jeune sir Edward est aussi une nature malheureusement exceptionnelle dans notre grande cité corrompue ; mais l'autre, ce gentilhomme pâle comme la douleur, ce front si pur, cette bouche si calme, ces yeux si consolateurs, qu'est-ce que tout cela? Tu le sais, Biaggini, tu dois le savoir, quel est cet infortuné qui s'est levé à mon approche et qui est retombé au cri échappé de ma poitrine? Quel est-il, Biaggini?

— Miss Charlotte désire-t-elle qu'il soit Anglais, Écossais, Espagnol ou Italien?

— Je veux qu'il soit Anglais.

— Il l'est.

— Tu mens, misérable.

— C'est-à-dire que vous voulez que je mente.

— Par ton âme, dis tu vrai?

— Par la corde, je dis vrai.

— D'où est-il?

— D'où miss désire-t-elle qu'il soit?

— Je désire qu'il soit de Londres.

— Il est de Londres.

— Et si tu mens encore?

— N'ai-je pas juré par la corde qui sera ma dernière cravate, que je dirais la vérité?

— Si tu le voulais, Biaggini, tu me viendrais en aide, tu me dirais à l'instant même, sans hésiter, sans autre question, le nom de cet homme : voyons, dis-le-moi, Biaggini, et mon mépris tombe.... Tu le vois, j'ose à peine t'interroger, abrége mon supplice! Vite, vite, le nom de cet homme!

— Vous le haïssez?

— Que t'importe?

— Dites-moi d'abord le vôtre, miss.

— Tu me fais trembler.

— Miss Charlotte, s'écria l'Italien dont un regard saisissait le passé, je ne vous dirai pas le nom de cet homme.

— Tu me le diras, infâme, quel est-il ?

— Georges le policeman...

— Mon mari !

— Sa femme!.....

Tous deux restèrent pétrifiés.

Plus de colère, plus d'emportement, plus de menaces; mais une de ces douleurs corrosives, poignantes, qui remuent tout un passé. Premières et douces années de l'enfance, premiers battements d'un cœur ouvert à l'espérance, premier cri de l'âme qu'une autre âme répète avec enivrement, nuits étoilées, réveil tranquille avec les caresses d'un père orgueilleux de sa fille pieuse, adorée, berceau protégé par les larmes, l'amour et la prière, joies pures et saintes de la jeunesse, trésors ineffables que l'âge mûr et la vieillesse recueillent avec religion pour consoler des menaces de la tombe qui s'ouvre, tout venait de se retracer pour miss Charlotte forcée de reprendre son premier nom comme une flétrissure du présent. Elle était là, immobile, glacée, avec un stigmate au front, avec un cancer au sein, sans puissance pour maudire l'être infernal à qui elle devait une si poignante révélation, et devant qui désormais elle n'avait plus qu'à courber la tête...

Oh ! n'avoir plus le droit de mépriser ce qui est méprisable, se voir humiliée devant celui qu'on aurait voulu écraser du talon, c'est là une torture égale à mille tortures ; c'est là un de ces horribles supplices que Dieu n'inflige qu'aux réprouvés, et que la fille de lord B..., la femme de Georges ressentait avec tous ses déchirements.

Quant à l'Italien, muet témoin de tant d'angoisses, il attendait un ordre qui n'arriva pas, et plus le silence de miss Charlotte se prolongeait, plus il redoutait, lui, le premier cri qui devait le rompre.

Miss Charlotte se leva, prit ses gants, son chapeau, jeta sur ses épaules une épaisse mantille, et sortit en fermant doucement la porte.

Resté seul, Biaggini courut à la croisée ; il vit la jeune femme cheminer à pas lents vers Saint-James-Park, où il pensa qu'un air pur et frais allégerait le volume des émotions sous lesquelles l'âme de miss Charlotte avait été près de succomber.

Il sortit à son tour et se dirigea vers la demeure de Zambala et de Georges, à qui bien certainement il cacherait le redoutable mystère qu'il venait d'apprendre.

Dès qu'un malheur vous frappe, dès qu'une catastrophe vous atteint, dès qu'un fantôme apparaît à votre imagination surprise, le premier mouvement qui vous saisit est la stupéfaction; Biaggini n'échappa point à cette règle générale, et il ne se résolut à suivre miss Charlotte qu'après qu'il l'eut perdue de vue à travers la foule. Il sortit, il s'élança vers Saint-James-Park. Son regard impatient étudiait toutes les silhouettes des femmes, il brisait les stores des voitures qui se croisaient auprès de lui, mais il ne vit nulle part sa belle fugitive.

Ne s'était-il point trompé? miss Charlotte elle-même n'avait-elle point poussé un cri menteur? n'y avait-il pas dans son délire de quelques instants un de ces puissants et éternels souvenirs qui remplissent une vie?...

C'est ce que Biaggini voulait savoir à tout prix, c'est pour cela qu'il venait de pénétrer dans le parc de Saint-James au moment où la nuit commençait à tomber sur la terre. Il se trouvait à quelques pas de la demeure de madame la duchesse de Kent, lorsqu'un bras vigoureux le saisit au collet.

Pour répondre à une menace, Biaggini n'avait pas besoin de réflexion, il était toujours prêt. L'habitude du péril lui avait donné l'activité d'esprit et la promptitude des ressources que les coquins ses pareils savent si bien trouver; aussi une massue levée sur sa tête l'eût moins embarrassé qu'une question sinueuse.

— Que fais-tu là? où vas-tu, misérable?

— Seigneur Zambala, voilà deux questions qu'une seule réponse peut résoudre. Je suis en quête d'une femme.

— Une femme perdue sans doute?

— Puisque je la cherche !

— Oh ! point de raillerie, et tu sais pourquoi je viens à ta rencontre, pourquoi je te suis depuis quelques instants... Voyons, sois vrai : quel est cet être mystérieux que tu nous as conduit aujourd'hui ?

— Mylord, je croyais le savoir hier, je ne le sais plus maintenant, et c'est pour lever tous mes doutes que je parcours ce parc.

— Elle t'y a donné rendez-vous ?

— Non, Mylord, elle est sortie de chez elle la tête en désordre, le cœur aussi, je pense, et je tiens autant que vous, Mylord, à m'expliquer son trouble, j'allais dire son désespoir.

— Oh ! maintenant, Biaggini de malheur, il faut que tu me retrouves cette femme, ou plutôt ce démon. Sa voix, sa démarche, tout en elle a porté le trouble dans l'âme de sir Georges, il faut donc te saisir de nouveau de cette femme, nous l'amener de force, et rendre par sa présence un peu de calme à ce brave policeman dont la douleur m'épouvante. Il a cru revoir en elle l'être adoré pour lequel il a tant souffert ; il faut le guérir de son illusion, Biaggini, amène-nous cette femme, et je te donnerai le prix de vingt adresses..

— Si je lui en amenais une autre ?

— Toujours des mensonges, dit Zambala en le frappant rudement à la poitrine de son poing fermé.

— C'est l'homœopathie en morale : pour chasser une erreur j'en appelle une autre à mon aide.

— La croyance de Georges est donc une erreur ?

— Je m'y perds, Mylord, un cri pareil à celui du noble policeman s'est échappé aussi des lèvres de miss Charlotte, et quand je l'ai retrouvée chez elle, sa tête et son cœur étaient tellement en désaccord, que je me disposais à la traîner de force jusqu'à Bedlam.

— Tu es un être bien infernal.

— Point d'injustice, Mylord; je ne puis répondre, moi, que des événements dont je tiens le fil; mais ce qui m'a précédé ne m'appartient pas; la chose a été, donc elle devait être, nul ne peut savoir ce qui serait à la place d'un atome, si cet atome n'existait pas. Les faits accomplis sont irrévocablement accomplis, et Dieu lui-même ne pourrait pas réussir à créer aujourd'hui un bâton qui n'eût pas deux bouts.

— Tais-toi, misérable, ne parle jamais du Créateur.

— Soit, mettez Lucifer à la place de Dieu, et laissez-moi ma logique.

— Gare! gare! gare!

Une voiture emportée comme le vent est sur les deux interlocuteurs; ils bondissent et s'esquivent... Le store se baisse, un cri s'en échappe...

— Adieu, Biaggini!... dit une voix stridente... Adieu, Zambala, et des larmes étouffèrent la parole qui venait de tomber sur les promeneurs.

C'était elle, c'était miss Charlotte. Elle avait déjà disparu dans le lointain, que Zambala et Biaggini se regardaient encore d'un œil stupéfait.

— Tu sais où va cette femme, dit l'Indien en se plaçant en face de Biaggini.

— Je ne le sais pas, Mylord.

— Elle a prononcé mon nom.

— Elle vous a reconnu au portrait que j'ai fait de Votre Seigneurie.

— Connaît-elle sir Edward ?

— Je ne le crois pas, Mylord.

— Connaît-elle Georges ?

— Mylord, le bruit des roues de sa voiture n'arrive plus jusqu'à nous... Cette femme ne s'en va pas, elle fuit...

— Je te demande si elle connaît Georges Oxlay le policeman ?...

— Toute la ville le connaissait, Mylord, répondit Biaggini toujours prêt au mensonge, et c'est pour cela peut-être qu'elle a disparu lorsqu'ils se sont trouvés en présence l'un de l'autre.

— Toujours des ténèbres, dit l'Indien, et pas un rayon de jour pour les dissiper !...

FIN DU DEUXIÈME VOLUME.

TABLE DES MATIÈRES

CONTENUES

DANS LE DEUXIÈME VOLUME.

CHAP.	XIV.	Edward et Betsy	1
—	XV.	La Demi-confidence	29
—	XVI.	Le Docteur et Zambala	41
—	XVII.	Les deux Pensionnats	63
—	XVIII.	Deux Philosophes	97
—	XIX.	Le Retour	121
—	XX.	L'Aveu	179
—	XXI.	Caricatural-Café	195
—	XXII.	Nouveau secours	223
—	XXIII.	Comme on se prend, comme on se quitte	243
—	XXIV.	La Nuit	265
—	XXV.	Qui est-ce donc?	303
—	XXVI.	Coup de foudre	329

FIN DE LA TABLE DU TOME DEUXIÈME.

En Vente à la même Librairie.

CE MONSIEUR,

Par Paul de KOCK. — 8 vol. in-8.

L'AMOUREUX TRANSI,

Par le même. — 4 vol. in-8.

LES STUARTS

Par Alexandre DUMAS. — 2 vol. in-8.

LA DAME DE PIQUE,

Par Paul de JULVÉCOURT. — 1 vol. in-8.

L'ÉGOISTE ET LE DISSIPATEUR,

Par un auteur célèbre. — 4 vol. in-8.

Pour paraître prochainement :

Les TOMES III et IV et derniers de **ZAMBALA L'INDIEN**.

VINGT ANS APRÈS, par Alexandre DUMAS.

Corbeil, imprimerie de CRÉTÉ.

www.ingramcontent.com/pod-product-compliance
Lightning Source LLC
Chambersburg PA
CBHW070321030726
47505CB00004B/1051